西洋文學、文化意識叢書

里柯

廖炳惠 著

葉維廉・廖炳惠 主編

東大圖書公司

國立中央圖書館出版品預行編目資料

里柯／廖炳惠著．--初版．--臺北市：
東大發行：三民總經銷，民82
面　；　公分．--(西洋文學．
文化意識叢書)
ISBN 957-19-1552-1（精裝）
ISBN 957-19-1553-X（平裝）

1. 里柯(Ricoeur, Paul, 1913-　　)
—學識—文學

876.019　　　　82007000

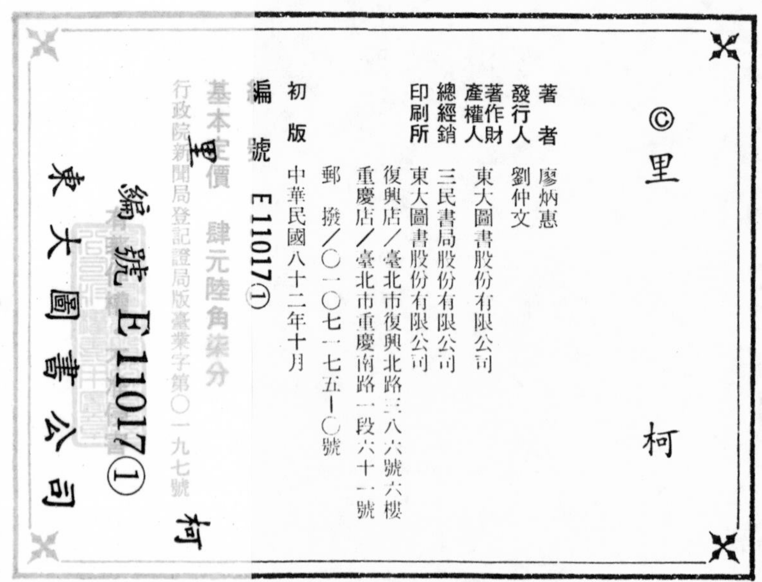
© 里　柯

著　者　廖炳惠
發行人　劉仲文
著作財產權人　東大圖書股份有限公司
總經銷　三民書局股份有限公司
印刷所　東大圖書股份有限公司
復興店／臺北市復興北路三八六號六樓
重慶店／臺北市重慶南路一段六十一號
郵　撥／○一○七一七五──○號
初　版　中華民國八十二年十月
編　號　E 11017①
基本定價　肆元陸角柒分
行政院新聞局登記證局版臺業字第○一九七號

里　柯
編號 E 11017①
東大圖書公司

ISBN 957-19-1552-1（精裝）

《西洋文學、文化意識叢書》總序

自從結構主義、後結構主義崛起之後，名詞及術語令人目不暇給，再加上批評家往往在理論裡平添自傳、政治抗爭、文字戲耍的色彩與作為，使得理論不再容易理解，尤其在一波波的新理論推出後，彼此針鋒相對，互有消長，更令人覺得無所適從，猶如瞎子摸一隻不斷變換位勢及形狀的象，始終無法明瞭理論的體系及其來龍去脈。

以中文發表的論文及專著，雖然已有不少是觸及晚近的文學、文化理論，但是大多只作全景掃描式或作片面的報導，鮮有真正深入某一理論家的原作，就其思想傳承作清楚的交代，並對理論演變及其作用加以闡明，從而進一步評估其成就，不致落入邊陲地帶的完全依賴、毫無判識能力的弊病。

這一套叢書由葉維廉教授提出構想，由我擔任策劃，我們力求平均分配文學、文化理論家的學派比例，希望能藉研究這些理論家，同時對當代的文化、社會理論及活動也有廣泛的接觸。對於古典的文學理論家如柏拉圖、亞理斯多德、乃至啓蒙時代以後的美學、哲學家如康德、黑格爾、尼采，或像馬克思及海德格，這些影響深遠的思想家，我們希望將他們納入當代的文化理論中加以討論，從中看出他們被吸收、轉化、批判的成分，進而對這些思想家在傳統中所形成的效應歷史意識有所反省。

當然，任何一套叢書難免有掛一漏萬的問題，我們儘量做到在地理分布上，從蘇俄、東歐、西歐到美國，不落入英美或法德為本位的理論傾銷；同時，我們對現代主義、詮釋學、批判理論、女性主義、後現代主義、後結構主義、後殖民論述的代言人，也力求均勻，尤其兼顧了弱勢團體的論述，就膚色、種族歧視的分析與批判，以一、兩位理論家作為文化批判的切入點。當我們拿現代主義或早期的女性主義者為研究主題時，已顯出後現代處境自我反省以及重新評估其源頭的態度，是以後現代、後結構的觀點去審視現代主義及女性主義，藉此闡揚、再思現代主義、女性主義與批判理論未完成的構想，並對現下的思潮作重新定位。

這一套叢書集合了臺灣、香港、法國、美國的學者，以目前的陣容作基礎，希望能作到逐漸擴大，並引起學術及文化界的熱烈回響，使理論進入日常生活的意識，思想與文化作為結合。

三民書局暨東大圖書公司負責人劉振强先生使這一套叢書得以問世，在此要向他、參與叢書撰寫的學者與東大圖書公司的編輯群致敬。

廖炳惠

一九九一年七月於風城

里　柯

(Paul Ricoeur)

目　次

第　一　章

里柯：從詮釋學到敘事論

保羅・里柯（Paul Ricoeur）在一篇〈我近二十年來的研究〉的文章裡，❶解說他自己的心路歷程，是由詮釋學到隱喻學（metaphorics），然後到敍事論。這三大主題似乎彼此不大相關，但對里柯而言，卻是環結緊扣，以隱喻爲中心，將兩大學問連在一起。隱喻學的居中斡旋，不但是詮釋學的特徵，也是里柯在《時間與敍事》(*Time and Narrative*)〈前言〉裡一再強調的要點。事實上，隱喻在里柯的哲學、文化理論中是有特別的意義，隱喻不只是將不同的事物加以類比、同化而已，更具有語意及意義創新和轉化的面向，因此屬於意象、想像思維與認知的範疇。由於這種消融差異、推陳出新的見解，里柯可以說是最富於科際整合精神的學者之一，從現象學、神學、精神分析、詮釋學、歷史學，到文學、社會學、文化人類學，都能觸及，是當今法國重要哲學家中較能融合歐陸（尤其法國）及英美思想與文學理論的人，他的學術本身就是一個大隱喻機構，不斷吸收、轉化。❷

1913年2月27日，里柯生於法國南部的瓦朗市（Valence），30年代時正好是存在主義（existentialism）與現象學（phenomenology）盛行期，里柯就在這種文化氣氛中受教育，除了他的老師納貝爾（Jean Nabert）及

---

❶ "Ce qui me proccupe depuis trente ans," *Esprit* (Sept., 1986): 227～43.

❷ Hayden White, *The Content of the Form: Narrative Discourse and Historical Representation* (Baltimore: Johns Hopkins UP, 1987) 48～57, 他對里柯推崇有加，認爲他是歐陸與美國哲學、史學研究的橋樑。

馬色爾（Gabriel Marcel）對他有奠基的影響之外，更重要的是德國的現象學與存在主義大師胡塞爾（Edmund Husserl）、海德格(Martin Heidegger)、雅斯培(Karl Jaspers)。第二次世界大戰剛開始不久，里柯便被捕，卻因禍得福，反而可以趁機閱讀德國哲學，在五年之內，他對胡塞爾、雅斯培相當精熟，同時也逐漸深入海德格的思想，在日後的思想發展上，雅斯培是他在戰後的第一個研究目標，1947年他與杜弗內（Mikel Dufrenne）合寫了《雅斯培與存在哲學》，❸1948年又出版了馬色爾及雅斯培的比較研究，以「神祕」與「矛盾」來解析兩位存在主義大師的著作；❹1950年，他把胡塞爾的《理念》（*Ideen*）翻譯爲法文，並加以注評，這一本書是沙特（Jean-Paul Sartre）與馬勞龐第（Maurice Merleau-Ponty）主編的《哲學叢書》第一册，立刻使得里柯成了法國哲學界的現象學權威，1967年他將多年研究胡塞爾的文章收入《胡塞爾：他的現象學分析》，由西北大學翻譯出版，在同一年，德希達（Jacques Derrida）也出版了他對胡塞爾的評論集；❺至於海德格，他在里柯的思想中則愈來愈重要，尤其在他的詮釋學與敍事論裡更是明顯。

---

❸ *Karl Jaspers et la philosophie de l'existence* (Paris: Seuil, 1947).

❹ *Gabriel Marcel et Karl Jaspers, Philosophie du mystere et philosophie du paradoxe* (Paris: Temps Present, 1948).

❺ *Speech and Phenomena: And Other Essays on Husserl's Theory of Signs,* trans. David B. Allison (Evanston: Northwestern UP, 1973).

1948年，里柯榮獲史特斯堡 (Strasbourg) 的哲學教職，在教導學生重讀傳統哲學之餘，他開始嚐試走出存在主義現象學的範圍，開展反省哲學，建立人類存在介於自由與需要、超越與限制、意志與欲求之間的生命主體性。1950年，《自由與自然》問世，是以現象學的方法，來探討感情與意志世界，對生命的處境、局限、寄託、決定，提出自我體認的見解。《歷史與眞相》於1955年出版，❻針對客觀、主觀主義的爭論，作存在主義詮釋學的批評，企圖走出相對主義的困境，建立社會、歷史倫理的活動空間，這本書一方面是詮釋學、史學的著作，另一方面則是有關社會活動及思想，與日後里柯的詮釋學相當密切。1960年，里柯的巨作《有限與罪惡》出版，❼第一册透過超驗反省的方式，探就人類失誤的可能性，第二册《惡之象徵》看待罪惡的種種象徵是另一種認知的資源，以詮釋學的方法來討論意志、罪惡、語言、文化的問題，這本書已從現象學邁入存在主義的詮釋學、神學及精神分析學，充分顯出里柯的積極與綜合性格。在第一册《會墮落的人》中，里柯說:「幸福並不是在經驗之中，而是經由具

❻ *Histoire et verite* (Paris: Seuil, 1955), (1964), trans. Charles A. Kelbley, *History and Truth* (Evanston: Northwestern UP, 1965).

❼ *Philosophie de volonte. Finitude et culpabilite. I. L'homme fallible. II. La symbolique du mal* (Paris: Aubier, 1960).英譯分別爲*Fallible Man,* trans. Charles A. Kelbley (Chicago: Henry Regnery, 1965; 修訂本，1985), 第二册 *The Symbolism of Evil,* trans. E. Buchanan (New York: Harper, 1967).

有方向感的意識所導出。」(68)，同時「大道總是透過失誤展現出來」(114)，失誤、墮落反而讓人類明白自己的處境，過去的盲目及過失因而可以教導世人從生命經驗的迷宮中脫身，找到新方向。

60年代正好是結構主義的盛行時期，里柯吸取結構主義的語言學，試圖以現象學、精神分析來補足結構主義者所忽略的意識與行動 (action)，這一段時期可以說是里柯從反省哲學邁入詮釋學（尤其解釋），同時逐漸邁向隱喻學的階段，最出名的著作之一是《佛洛伊德與哲學》，❽以及1969年問世的《詮釋之衝突》。❾在這些作品裡，里柯顯然想結合解釋 (explanation) 與瞭解 (understanding)，一方面以結構主義的方法，來分析因果、形式、情節，另一方面則以現象學、詮釋學的方式，來瞭解作品、論述 (discourse) 的意義及對現行意識形態的批判。在解釋的層面上，里柯借重結構主義語言學，來探討作品及事件的深層結構 (deep structure)，從語言、神話、文化結構來看客觀的歷史條件及其表現；在瞭解的層次上，里柯強調人文科學的「溫故知新」特質，一方面受傳統的成規所影響，另一方面卻不斷開展作品的新意義，透過與作品的默契，讓作品產生多重的意義，與讀者的時代形成

❽ *De l'interpretation. Essai sur Freud* (Paris: Seuil, 1965), trans. Denis Sauvage, *Freud and Philosophy* (New Haven: Yale UP, 1970).

❾ *Le conflict des interpretations. Essai d'hermeneutique*(Paris: Seuil, 1969), trans. D. Ihde et al., *The Conflict of Interpretations: Essays in Hermeneutics* (Evanston: Northwestern UP, 1974).

關係。

由於里柯早期重視象徵及存在個體的方向感，後來又注意到結構主義對語言、文化的貢獻，這兩者之間的衝突在他的《歷史與眞相》裡其實已以主觀主義與客觀主義之爭作爲探討的起點，70年代，他目睹存在主義詮釋學及現象學相對於結構主義的種種歧見難分難解，而後結構主義又使得比喻的語言與詮釋活動密不可分，以至於讓作者的意圖 (intention)、作品的指涉 (reference) 變得「無以捉摸」(indeterminate)，爲了因應這種結構主義、後結構主義的語言及隱喻學 (metaphorics)，里柯於1975年推出他的重要著作《隱喩創意》，❿這本書看待隱喩是創造新語意、新見地的活動，不只是一般所謂的「比擬」，而是想像、認知上的同化、吸收、轉生活動，這種見解推翻了傳統的看法——隱喩只是局部的比擬，僅爲借甲去比喩乙的方便設計，不可能改變整個視野的看法。隱喩的同化及改變視野的作用一方面很像詮釋活動，以讀者的經驗及知識去吸收、融入作品的世界，另一方面則類似創造意義、虛構情節的活動，是以敍事體的方式來重新組構作品、對象的「故事」。因此，隱喩在里柯的文學、文化理論之中具有中介的地位，一方面總結了他的詮釋學

❿ *La métaphore vive* (Paris: Seuil, 1975), trans. R. Czerny, et al., *The Rule of Metaphor, Multi-Disciplinary Studies of the Creation of Meaning in Language* (Toronto: U of Toronto P, 1977). 書名很難迻譯，在書中我會以「隱喩創意」及「活喩」去翻譯 *vive* 的原義。

(1976年，他推出《詮釋理論》)，⓫另一方面則開啓了他最近的研究方向，《時間與敍事》便是其巨著。

里柯在詮釋學上的貢獻已逐漸受到各方的肯定，儼然是海德格、伽達瑪 (Hans-Georg Gadamer) 學說的集大成者，事實上，由他所繼承的「懷疑詮釋學」(hermeneutics of suspicion)，可上溯到史萊爾馬赫 (Wilhem Friedrich Schleiermacher)，甚至更早的否定神學 (negative theology)傳統，但是里柯也接納了社會哲學家哈伯瑪斯 (Jurgeu Habermas) 的批判詮釋學，對浪漫主義的詮釋學提出質疑，並對意義如何變得可能，作品與讀者的距離 (distanciation)，以反省、懷疑的方式小心追究，將詮釋學建立在歷史處境的累積性(historicity)及虛構見證性 (narrativity) 上，一方面顯示傳統、成規 (convention) 以其約定俗成、效應歷史的沈浸作用 (sedimentation)，另一方面則闡明歷史並非一成不變，而是仍在演變中，極需敍事體發揮「富於創造的想像力」，來重新組構社會與文化現實，因此是既有已形成 (formed) 也不乏正形成中 (forming) 的建構因素，既接受過去但又開向未來的詮釋學。由於這種折衷的詮釋觀點，不僅伽達瑪對里柯刮目相看，曾專就里柯的詮釋學撰文，稱讚他的見解是「懷疑詮釋學」，⓬目前討論詮釋

⓫ *Interpretation Theory: Discourse and the Surplus of Meaning* (Fort Worth: Texas Christian UP, 1976).

⓬ *Temps et recit* (Paris: Seuil, 1983~86), trans. K. McLaughlin and D. Pellauer, *Time and Narrative*, vol. I-III (Chicago: U of Chicago P, 1984~87).

學的專書也紛紛將里柯視作是另一個重鎮。[13]

最近幾年來，里柯將注意力集中在時間與敍事體上，以三重擬似（threefold mimesis）的觀念，探討「預期形塑」(prefiguration)、「具體形塑」(configuration)、「重新形塑」(refiguration) 三階段的時間面向及其牽涉的敍事問題，企圖對歷史主體、過程、集體命運及其轉機作全盤的反省。《時間與敍事》共分三册，是里柯晚近的巨作，可能也是他最重要及最具代表性的著作。這一部書推出後，歷史學界以懷特（Hayden White）爲首大爲讚揚，而且，它的影響正逐漸在擴大中。

十年前，里柯是以神學詮釋學爲人所知；更早以前，他以現象學者的身分著稱；但是，現在他的地位是建立在詮釋學及敍事論的不斷受到世人承認。克拉克（S. H. Clark）說：「里柯應受到更多人重視，更廣泛討論。」[14] 克拉克的見解一點也沒錯，事實上，最近美國西北大學又推出里柯的詮釋學選集，內容較湯普森（John B. Thompson）幾年前編的書《詮釋學及人文科學》更加豐

[13] Hans-Georg Gadamer, "The Hermeneutics of Suspicion," *Hermeneutics: Questions and Prospects*, eds. Gary Shapiro and alan Sica (Amherst: U of Massachusetts P, 1984) 54~65.

[14] 例如 Hugh J. Silverman, ed., *Gadamer and Hermeneutics* (New York: Routledge, 1991), 第三部分卽以兩人爲中心；John B. Thompson, *Critical Hermeneutics* (Cambridge: Cambridge UP, 1981), 以里柯與哈伯瑪斯爲主要對象，對里柯極其推崇。

富，⓯便證明里柯愈來愈受到注意。由於里柯善於折衷，爲學謙虛，待人和氣，他的聲名迄今仍不是十分響亮，而這也正是他篤實可敬之處。高宣揚以他個人就教請益的方式，去挖掘里柯的心路歷程，所寫出的《李克爾的解釋學》是以中文出版唯一討論里柯的著作，高氏這本書作爲導讀，或用來瞭解他個人對里柯的關注（姑且不論其深淺），自然有其貢獻，⓰但是里柯的思想事實上常常而且總已經是築基於與他人的論辯上，僅以里柯的現身說法，而且只取他的言論作爲根據來理解里柯，難免要淺化甚至忽略了里柯不斷重新思索、設想、舉證的演變過程，同時也可能因此無視於里柯的盲點。比較正確的角度應該是與作品、作家保持某種批判距離，細心閱讀里柯在各個時期的變化以及他與其他學者的爭論，從中解釋、瞭解里柯的「洞見與不見」，如此方能讓里柯的文學、文化理論顯現其眞正具有拓展意義的潛能。

另外，我們也得將里柯與當代的一些文學、文化理論家並列、彼此對照，看里柯如何發展出自己的體系，以因應其他人的挑戰、刺激、支持，同時在這種比較研究之中，闡明某些專門術語的特定脈絡及意義，釐清其架構與界線。由里柯的發展，我們可看出他受到現象學、詮釋學的影響，在許多方面是他那個時代、歷史片刻的產物，因

⓯ S. H. Clark, *Paul Ricoeur* (New York: Routledge, 1990);也可參考T. Peter Kemp and David Rasmussen, eds., *The Narrative Path: The Later Works of Paul Ricoeur* (Cambridge: MIT P, 1989).

⓰ 臺北：遠流，1990。

此有其限制，但是里柯也對這個歷史過程積極參與，在政治、文化、神學、語言學、哲學的著述中，於字裡行間吐露出轉變現實、將之潛移默化的各種可能契機，需要讀者去找出並加以補充、發揮或革新。換句話說，我們不僅要理解，而且要與這一位思想家一起進步，「揚棄」他的見解，一方面以垂直縱深的方式，追溯里柯的學術演變史，分析他的方法論，另一方面則用水平横切面的方式，將他與其他人、文化論述一起研究，找出他所繼承的歷史因素以及他的獨特之處，包括他比其他學者較爲不足之處。

除了與德希達曾就隱喩的問題作針鋒相對的評論外，⑰里柯其實也訂正結構主義者如李維史鐸(Claude Levi-Strauss)、索緒爾 (Ferdinand de Saussure)，歷史學家如韓伯爾 (Carl Hempel)，政治哲學家曼罕 (Karl Mannheim)，馬克思結構主義者阿徒哲(Louis Althusser)，更不用提像佛洛伊德 (Sigmund Freud)、海德格、伽達瑪這些思想家了。⑱事實上，里柯的心路歷程一直是吸收其他人的思想，將它們化爲己有，用他自己的話說，是一種吸取轉化 (appropriation)，⑲特別是自胡塞爾與海德格身上得到種種啓發，晚近更是愈來愈傾向海德格的思想，尤其是在《時間與敍事》第三册裡最爲明顯。

---

⑰ Derrida, "The Retrait of Metaphor," *Enclitic* 2, 2 (Fall 1978): 5~33.

⑱ *Lectures on Ideology and Utopia,* ed. George S. Taylor (New York: Columbia UP, 1986).

⑲ *Hermeneutics and the Human Sciences,* ed. John B. Thompson (Cambridge: Cambridge UP, 1981) 182~93.

也因此，閱讀里柯的著作等於是閱讀其他人的學術、思想，而且是以一種新穎、一貫的觀點來閱讀這些作品並含納各種見解加以滙通。

比起德希達，里柯的讀法可能比較不夠具批判、從體系之中質疑體系的力道，但是里柯並不假定傳統只是由某些作品以文本（text）的方式累積起來，也不認爲透過精密的解讀，便能推翻傳統的「理體中心思想」(logocentrism)。里柯一方面相信文化現實、歷史情境是藉虛構敍事（fiction）來締建、組織、呈現、顯形或預示（foreshadow)，另一方面更是由種種多元的社會形成因素來推動、促成。因此，雖然他也提倡以文本的方式，來瞭解、解釋社會事件及社會現實，但並不是要把社會與文本對等，或者認爲不同的文本解讀策略勢必會導致性別、文化政治、社會局勢的改變。德希達與里柯不僅在對隱喩、再現（representation）的見解上有很大的差異，⑳他們的語言、論述觀在許多方面也相當不同。就論述的觀念上，里柯是採取邊門尼（Emile Benveniste）的語言學理論，因此也與拉崗（Jacques Lacan)、傅柯（Michel Foucault）的學說有些出入。拉崗的父權思想及其象徵秩序（symbolic order）將語言看作是封閉性的系統，語言主體是在投射認同的結構中，將父權、法律、規則內在化，而里柯雖然也觸及象徵及理性化的過程，卻主張語言的推陳出新特性，將語言與意識形態視爲開放的結構，這正是他與傅柯極不相似之處，傅柯強調「訓戒與懲罰」

⑳ *The Rule of Metaphor* 284～94，詳見第五章。

的論述塑造，認爲權力無所不在，個體在各個層面上均被「知識」、「權力」的種種單位，如認知的理性、事物的規矩、倫理的成規、身體的正當管制、法律的節制等等已完全宰制，抗拒則只是一種從中協調的活動罷了。相形之下，里柯比較重視權力與知識經由傳統的過濾與轉化過程，並不將權力結構看作是一種外在、先有（pregiven）、超歷史的結構，反而主張「反沈澱」的意識形態批判，提供個體予以歷史條件去解除歷史的暴力並發展新的文化的可能性。

因此，我們以里柯爲主幹，來理解當前文學、文化意識之中最常出現的概念，固然可吸取里柯個人的見解，也應將里柯的學術脈絡及其局限作更進一步的整理，同時也透過他，來消化其他思想家的理論，反省里柯及其他學者的問題，以對話、彼此質疑的方式來拓展里柯的詮釋學與敍事論，使他的學說從文本到行動化爲日常生活文化研究及培育過程的一大動力。

第 二 章

存在、希望、意義

早期的里柯受到存在主義與現象學的影響，後來他逐漸以語言論述與詮釋學的觀點去修正存在現象學，開展出哲學人類學 (philosophical anthropology)，主張以間接、象徵及語言媒介的過程來探索、敍述人存在的意義及其時間面向。要瞭解他的思想，我們首先得討論存在主義及現象學者，如馬色爾、雅斯培及胡塞爾等人的思想在里柯自己的體系中佔何種的地位，然後再來分析里柯如何以符號學（semiatics）及精神分析交融的詮釋學，去突破存在現象學的困境，並闢出另一條界定存在及其意義的道路 ──「我是什麼的詮釋學」。❶

一般的存在主義者大致都認爲存在主義與傳統的西洋哲學完全不同，存在主義者注重存在的事實及自我塑造的自由，甚至於以非理性的荒謬感、反叛去質疑亞里斯多德所說的「本質」(essence)。不過，里柯卻認爲存在主義並非不理性或與傳統哲學絕裂的思想，他在《歷史與眞相》裡便說：

> 在許多方面來說，存在主義是一種古典哲學，因為它是透過人類存在的處境來反省知識的限制，同時也討論共相與特殊，本質與存在，神祕及問題等重要哲學課題。存在主義哲學是想提出一種能夠掌握客觀的方法，想以嶄新形式的理念與新的哲學邏輯來鋪陳、演繹。❷

---

❶ 最明顯的是在 *The Conflict of Interpretations* 中的 “The Question of the Subject” 這篇論文中所提出的見解。

❷ *History and Truth,* 156~7.

換句話說，存在主義只是傳統哲學的進一步發展及自我更新（self-renewal）。里柯的看法強調傳統的創新及延綿之道，但是他卻把存在主義者對當時哲學及理性的無能為力，人類面臨戰爭、國家、社會機構及機械量化的新文明，所產生的無目標、荒謬、價值淪喪感，不得不把思考的重點放在人的存在、自由、與他人共同形成的默契與信心，因而駁斥古典哲學有關道德屬性與本質的抽象範疇，將注意力轉移到活生生的人身上……這種歷史情境及其非理性的成分整個納入傳統的大敍事體（grand narrative）。

事實上，馬色爾的存在主義便重視活生生的身體（corps vécu）。以往的哲學往往設定一個抽象（無名無姓、沒有性別、沒有年齡及階級）的知識主體，馬色爾提出具體身體及其本體神祕的主張，並且確認身體與歷史的自由，強調人透過肉體存在的經驗構成其主體，同時建立與他人的關係。馬色爾與雅斯培的存在主義都是從基督教的傳統出發，因此側重溝通與信心，而且很明顯地要比一般的存在主義者（如沙特、齊克果、海德格）更傾向於超驗及神祕主義許多。由於馬色爾曾一度是里柯的老師，里柯對他所主張的神祕、主客體統一及對他人的倫理觀一直是採取堅信不移的態度，這也就是他為什麼會以象徵的表達（symbolism）來探究宇宙的奧祕，並討論人之墮落與自由，然後選擇以海德格的存有論來分析人類存有的時間面向，整個發展可說是理路清晰，因為基本上海德格所主張的也是一種神祕主義的存有現象學，尤其海德格對存有的態度是採「揭露」（alethia）的方式，而且將揭露與神

祕、及對神祇的犧牲相提並論。❸

馬色爾與雅斯培對里柯最大的影響是對他人的關注及對處境的全面反省。存在主義者對人自出生後所受到的處境壓迫有極其深入的描寫，沙特將外在、為我存在視作是對本我、自我存在的侵略，齊克果（Soren Kierkegaard）則把存在看成是期待與絕望之間的焦慮及徬徨，海德格眼中的人類存有是邁向未來（死亡）的存在，往往被非眞實的存在（如自欺欺人的閒談、好奇、自甘墮落、不敢面對自我等）所圍繞，但是馬色爾與雅斯培卻主張彼此信任與存在自由，認為自由並非與過去或他人絕裂或徹底脫離關係，反而更要投入其中，發現或開拓另一種可能性，由同情、默契出發來解決問題。里柯的第一本書是有關雅斯培，第二本則將馬色爾放在雅斯培之前，一起討論，接著則展開他的現象學、精神分析、詮釋學階段，這種過程其實是不斷對存在局限及其自由、自我與他人的交通及信賴等主題作深入的探索，由雅斯培的側重信心、交往辯證及對他人的關注到胡塞爾所提出的「互為主體」（inter-subectivity）不過只是一步之隔而已。

❸ 詳見 J. Mehta, Martin Heidegger: *The Way and the Vision* (Hononunu: U. P. of Hawaii, 1976); Otto Poggler, *Martin Heidegger's Path of Thinking* (Altantic Highlands: Humanities, 1987); Habermas 在他的 *The Philosophical Discourse of Modernity* (Massachusetts: MITP, 1987) 討論海德格時也針對他的神祕主義傾向，指出他與納粹的關連。

胡塞爾的現象學

里柯於 1950 年推出力作：胡塞爾《理念》第一部的法文翻譯注評本，這本著作立即奠定了他在現象學界的地位，不過，里柯是透過胡塞爾來探討種種現象學方法的啓示，並加以修正、拓展。胡塞爾在哲學上的主要貢獻是提出描述哲學及反省意識，企圖以純粹意識來認知現象的眞正面目。在胡塞爾的心目中，現象學是一種由直接直覺出發的實證主義，比自然科學還要實證，是完全不受成見影響，立刻以直覺去看、理解對象，不先預設立場或套理論的「直觀」。里柯對胡塞爾所主張的絕對實證主義並不完全贊同，不過，他認爲胡塞爾所提出的意識行爲的「意圖性」及對思想及思想對象所作的區分，進而顯示自我反省意識與其導向，有其卓見。現象學比較難得之處是在於它的描述方法相當細膩有緻，不輕易便下斷言，它先假定有個意識可以直接覺察到的對象，因爲意識一定是朝向某物而發，雖然不可能馬上洞察其全部，但意識以其意圖性及目標導向，會逐漸去掌握對象，先將尙未見到的層面納入「存而不論」，以等待進一步認知的範疇，並與對象形成「互爲主體」的關係，也就是與對象互動，將對象納入意識中，去同情契入其內心世界。

對里柯而言，現象學不只是方法而已，更是一種深入的批判哲學，讓人不只是看到對象的表面現象，而且是對其本質有所掌握，以進一步達成反省的自我意識。由於是將有疑問的部分納入括弧、存而不論，或以超驗還原的方式，去分析對象呈現在意識之中的形式。超驗的認知主體並不等於是經驗主體的意識，它反而是一種質疑的意識，試圖去發掘對象背後所隱藏的神祕，讓對象整體展現其意識，而不是把對象看作是爲我存在或一切以我爲出發點所看到的現象。這種以想像及反省的方式去探索對象及其本身存在意義的作風，是里柯從胡塞爾的現象學中所得到的啓示，同時也是康德的物自身不可知說的進一步發揮，里柯說:「胡塞爾從事現象學，康德則限定而且建立了現象學」❹。由於康德對物自身不可知的說法，對象才不致淪爲因我而存在的對象，這是里柯特別強調的方法限制及對方法本身的自我反省，也因此他對胡塞爾所提出的絕對實證主義理想有所保留，胡塞爾假設意圖行爲可透過其純粹意識，以便讓對象呈現其意識，在他的理論架構中，邏輯是在語言活動之前，經驗可以用超驗還原的方式來達到其觀念義。但是里柯對語言的中介活動則採比較謹愼的觀點，認爲語言是晶瑩剔透的邏輯及基本經驗之間的媒介，本身即需等待詮釋，而不是透明或超驗的工具。對象的原意、觀念義是詮釋活動中可以再指認的客觀內容，他說:

「我們得明白絕對與完全實現的觀念只是一種理想，只是力求正確的理念，而且這種理念並無法實現。」❺

---

❹ *Husserl: An Analysis of His Phenomenology,* trans. E. G. Ballard and L. E. Embree (Evanston: Northwestern UP, 1967) 201.

❺ "Husserl and Wittgenstein on Language," *Phenomenology and Existentialism,* eds. E. N. Lee and M. Mandelbaum(Baltimore: Johns Hopkins UP, 1966)213.

里柯在《自由與自然》及《會墮落的人》，甚至在後來的著作裡，不斷引用胡塞爾的現象學，但是往往是以修正過的現象學去探索存在的意義，里柯所修正的現象學是結合了詮釋學、精神分析及語言哲學的認知自我詮釋學。❻由於他懷疑胡塞爾的實證主義，因此提出了語言面向，並將現象學納入神學、倫理學的範疇中，里柯與德希達、雷文納士(Emmanuel Levinas)的著作在某些方面有類似之處，然因為彼此的取向不同，他們各自得出的見解也大相逕庭。德希達在早期批判胡塞爾的著作，如《胡塞爾的幾何學源起》、《言語與現象》，均針對超驗的意義結構及其實證思想提出理體中心說(logocentrism)的批駁，而雷文納士則特別強調對象及自我在時間面向及接觸活動上的倫理關係，一方面以超驗時間與接觸的具體時間相互參照，分析現象學觀念義的時間性，另一方面則用「面對面」(face)的觀點，去修正現象學的超驗主體，將與對象或他人接觸的倫理、瞭解活動看作是一種責任❼。

❻ Don Ihde, *Hermeneutic Phenomenology: The Philosophy of Paul Ricoeur* (Evanston: Northwestern UP, 1971); Domenico Jervolino, *The Cogito and Hermeneutics* (London: Kluwer, 1990).

❼ Levinas, *Otherwise than Being or beyond Essence*, trans. A. Lingis (Hague: Martinus, 1981); *Time and the Other*, trans. R. Cohen (Pittsburgh: Dusquesne UP, 1987); *The Levinas Reader*, ed. Sean Hand (Oxford: Blackwell, 1989); R. Cohen, ed., *Face to Face with Levinas* (Albany: State U of New York P, 1986); R. Bernasconi and D. Wood, eds., *The Provocation of Levinas* (New York: Routledge, 1988); R. Bernasconi, ed., *Rereading Levinas* (Bloomington: Indiana UP, 1991).

雷文納士的倫理取向與另一位思想家李歐塔（Jean-François Lyotard）有關政治公義與立場遣詞(phrase)的理論也頗有相通的地方，雖然李歐塔往往透過康德去探討遣詞、公義、雄渾美學或非人性化（inhuman）的問題，最近他的著作之一便又回到現象學本身，去重新闡明一些老課題。

不管是重新闡明康德或胡塞爾，里柯與上述這幾位思想家均針對胡塞爾提出修正的見解，同時也多少擷取海德格的哲學方法，因此在思想脈絡上自有其相通或值得相互比較的地方。里柯吸收了現象學的長處，例如激進懷疑的態度、直覺實現、存而不論及自我反省的精神，但又運用精神分析有關自我形成的理論，以補充現象學的認知主體，提出自我在本我與超自我、欲求與社會需求，與制約之間，以及自我在無意識、意識與潛意識幾個層面所受到的濃縮、代替的塑造，因此自我不能以超驗或邏輯理性的方式去設定、掌握，在這一方面，里柯同意佛洛伊德的看法，「我知故我在」的見解應重新考慮，因爲認知的主體本身已無法掌握自己，只能經由一再宣稱自己無法認知，無法立即認識自己的方式，才能瞭解到最根本的眞相，就如同伊底帕斯王（Oedipus Rex）一開始原以爲自己瞭解一切，然而在他不斷追求眞相的過程裡，才發現到自己原來是一無所知。戀母情結和自我欺騙的無意識活動這才逐漸被他理解，經過如此自我剖析及瞭解之後，他終於明白了自己的無知，所以反而在弄瞎了自己的雙眼後變成了智者。這則神話故事不但道出了世人的戀母或弒父情結，並且敍述了自我與非自我之間、欲求與文化之間的折衝過程，在象徵及文化人類學上有其神話結構上的意義，諸如文化與自然、男性與女性、父與子、禁忌與自由等的對立及歧異關係。❽因此，在精神分析之外，里柯也採用了結構主義的觀點來修正現象學。一直到他最近的作品，里柯仍不斷提及胡塞爾，但是他的現象學已結合了精神分析、結構主義和詮釋學。

由於里柯的重點是在研究「主體生命的本質」，❾也就是將自己當做對象，是早已受到語言、文化、家庭、社會、心理結構的塑造，而非是認知活動的主宰者，並以此種身分來瞭解自己。他不像雷文納士那般注重面對他人的倫理及時間問題，反而是強調自己如何反省並敍述本身所理解到的現實眞相，因此才從現象學走向詮釋學及敍事論。里柯所眞正關切的是現象學方法本身的局限及其反省能力，因此也與德希達在方法及旨趣上均迴異，不像德氏那麼專究超驗主體本身的矛盾（指出重複與歧出一再衍生（defer）的差異，使得主體所獲致的綜合意義成爲疑意）。這些思想家如何從胡塞爾處獲取靈感，並發展出自己的批判觀點，乃是值得進一步研究的課題。目前有不少學者已針對這些思想家撰寫專書或論文，同時這些思想家也彼此解析對方的思想途徑與困難。❿事實上，想分析這些思想家的

❽ 見*The Conflict of Interpretations* 27~61; *Hermeneutics and the Human Sciences* 146~64.

❾ *Husserl: An Analysis of His Phenomenology* 215.

❿ Richard A. Cohen, "Absolute Positivity and Ultra-positivity: Husserl and Levinas," *The Question of the Other: Essays in Contemporary Continental Philosophy*, eds. Arleen B. Dallery and Charles E. Scott (Albany: State U of New York P, 1989); Derrida 最近在 *Rereading Levinas* 中撰文重新批評 Levinas.

差異，除了就其宗敎思想脈絡上著手外（如里柯是保羅基督敎神學的信徒，主張人應在法與原罪之間的矛盾中保留信心，而雷文納士及德希達則均由猶太敎發展出閱讀理論），⓫還可依照主題去作比較，例如時間的問題，這個問題是里柯、雷文納士都特別注意，而德希達、李歐塔也不斷提及的。里柯在《時間與敍事》第三册裡對胡塞爾及海德格的現象學時間觀有相當深入的剖析，他認爲生命世界（Lebensweit）需立足於時間中，因此大致上承襲海德格的「在世間的存在」（beingin-the-world）這個概念。不過海德格對里柯而言仍是只關心局面或「短時間」的問題而已，里柯則更進一步提出歷史爲「時間存在結構的科學」，認爲歷史與敍事都是人類理解本身的時間活動，是從時間之中去掌握過去、現在、未來三位一體的意義的活動。

胡塞爾在時間哲學上的貢獻即是將亞里斯多德所提出回溯與延續此種心靈時間面向放入與外在世界並行不悖的客觀秩序裡，使得內在的時間意識（過去、現在、未來）能與客觀世界的現象配合，以便對象按照時間順序展現其眞相，在記憶中保留或回憶以構成目前所見與以前所見之間的密切連繫，並建立意識主體的意圖性。因此在胡塞爾的現象學裡，觀照現象的時間旣是流動的也是當下卽是的，構成過去與現在彼此交織，回想及凝視並進的活動。海德格爲這個回想與凝視的主體定位於活在此世界而被拋向死

⓫ Levinas, *Nine Talmadic Readings* (Bloomington: Indiana UP, 1990). Habermas 在 *The Philosophical Discourse of Modernity* 中也提到德希達的猶太背景及其作品、閱讀理論之間的關連。

亡的存在，因此不再是視覺印象的回味及保留者，而是生活在朝向另一個目標和死亡的個體，關懷 (care) 自己眞正的存在及其意義。

雷文納士認爲胡塞爾所說的記憶保留或回憶，所構成的主體意圖性是一種抽象的經驗，並沒有考慮到主體所面臨對象的時間及彼此面對的那一刹那；德希達則說那種意圖性所企圖建立的觀念只在一種「現存存在」的條件下方能成立，也就是所追憶回來的「現在」是過去的重複形式，不但沒經過語言或其他因素的扭曲及中介，而且可以還其本來面目，給予現在的經驗一種現存感 (presencing)，德希達稱這種見解是現存論及理體中心論，這種理體中心論假定意義可以回溯，復原爲一再重複但又完全相同的現存 (presance)。相對於這種抽象的時間之流，德希達提出「衍異」(differance，法文字中的 a 與 e 在發音上的差異十分細微，耳朵並聽不出其差別) 來描述意義在時間上所留下的痕跡，不斷產生延綿 (deferral) 及演變 (difference) 的過程。⓬以德希達的觀點來看，主體性的說法並不成立，主體反而已被語言、軌迹在時間的散播、衍異中去除了中心，無法以超驗減縮或存而不論的直接直覺去設立其一直存在不變的意義。以他最出名的「去中心」理論來說，意義並不是從回溯及掌握現存的結構活動中產生，而是語言的「自由活動」(freeplay)，隨著動作一旦發生的那一刻起，便與時間一同漂往不可知的方向，不能以重複

⓬ 詳見德希達的 "Differance", 收入 *Speech and Phenomena* (Evanston: Northwestern UP, 1973).

但又與原來相同的方式找到其意圖性。⓭以類似的論點，他也批評雷文納士的對象及「他人」(the other) 的觀念是一種詮釋暴力，是以抽象的形上學去復製與本身有異但又一直是相同的對象，最近他又指出雷文納士在相同的邏輯及語言之中描述他人，以至於忽略異性（如女性）的困境。⓮

里柯對時間的見解在其巨著《時間與敍事》中有明白的顯示。德希達將直覺經驗的時間與再現的時間 (time of representation) 兩者混合，指出直覺經驗的時間無法脫離再現的時間，因此不可能有其純粹、超驗的存在，經驗與語言的關係並非主客或先後的問題，而是經驗總已 (always already) 受到語言的感染，無法保存其獨特、單一、不斷可以回溯而且永遠不變的特性。里柯對這種說法其實並不完全排斥，他只是將這種相互交混的內在矛盾變成是敍事主體在追求統一意義的過渡時期。對他而言，現象及經驗無法離開語言及訴說 (saying)，其意義是在面對現象的片刻及從其所接觸的時間中產生，這是不可忽略的事實，而且這也是人類存在於時間中的生命處境。雖然他不像雷文納士那般強調面對(face)的觀念，然而時間及其構成人類存在的面向是他所不斷提出的概念，他甚至認爲海德格仍有所不足。而德希達所說的經驗與語言之間

⓭ 德希達，"Sign, Structure, and Play in the Human Sciences," *Writing and Difference* (Chicago: U of Chicago P, 1978).

⓮ 如 "Metaphysics and Violence," *Writing and Difference*，及他在 *Rereading Levinas* 裡的論文。

的時差(time lag)，對里柯而言，則是人類透過敍事體及詮釋活動企圖加以說明並調適存在的「限制處境」(limit-situation)。由於面對此種限制來反省時間無法捉摸的神祕特質，人類才得以發展出神話、敍事體以及各種文學作品，並以詩的形式來理解本身的限制和時間之謎。此種存在的「限制處境」反而提供自我反省的可能性和希望。

局限、過失、希望

里柯從現象學轉移到精神分析及詮釋學，隱喻研究的關鍵是他堅持人類自我反省與救贖的可能性，這種理念在他早期的兩部巨作《會墮落的人》及《惡之象徵》裡充分顯現。這兩部書構成《有限與罪惡》(*Finitude and Guilt*)，全部是在研究人類處境及原罪的性質，一方面強調存在主義的人文關懷，另一方面則闡釋基督教的神學，尤其是保羅的信仰、重生說及奥古斯汀的內省得救論。《會墮落的人》主要在探討人類的思辯理性並無法解決人的根本問題，而《惡之象徵》則主張以詮釋學的觀點去瞭解人在墮落之後所面臨的豐饒，但實際上充滿危機的生存處境。兩本書的方法大致上是採自現象學及詮釋學，在《自由與自然》裡，里柯已提出綜合主、客觀主義去分析靈肉、志願與非志願兩個世界，將靈魂與肉體對立的二元論看成是人類對本身有限與無限兩種面向的觀點，藉此瞭解到自由的限制，亦即是自由既是主動的行爲，亦是被動的領受，必須接受外在所賦予的價値、才能、自然條件，然後才能發展出本身的決定。所以說人類的自由是受到動機制約的自由，有其身體、物質環境、自然的限制，自由與自然的限制乃是一體的兩面。⑮《會墮落的人》的目的是想建立人類「可墮落性的現象學」，使其成爲人類意志的基本可能性，此種墮落的可能性隨著人類的原罪儼然已是事實，然而世人對墮落或原罪的概念往往將它誤解爲「法律上的虧欠或生理上的繼承」，很少加以深入探討。里柯因而提出超驗反省與綜合的方法，以本身的有限觀點來開展對此世界或對象的視野。

有關人類的生老病死及種種苦痛，以往的哲學家常將外在世界的失調看成是個人內在精神的處境，因此是以主體的觀感去瞭解外在對象所啓發的意象、象徵或神話。里柯所倡導的「超驗綜合」是就對象作綜合，而不再只訴諸個人的自我意識，也就是說起點是對象，而不是主體的身體，是從被看到的對象到觀看（perceiving），不再持著心理物理的客觀觀點，而是由物到物，以物觀物，以對象的立場去反省主體的觀點。此種超驗綜合的思考方式是先由認知主體採取各種觀點去反省自己，然後發展出超越局限的無限：

> 宣布人類是有限的，此種擧動便顯現出此種人類局限的基本性質：是受局限者自己道出本身的有限。對此種局限的陳述證明了人類確實認識其有限性並更能表達此局限性的真實面貌。因此人類

⑮ Don Ihde, *Hermeneutic Phenomenology* 56.

有限性的本質是在於它能以有限的觀點，在觀照之中已超越此種有限，並以此種條件去親身體驗。⓰

超越有限只是將對象之中隱而不顯的部分顯露出來，並以反省的方式讓沒被看到的部分顯示出它所想道出意義的意圖。超越的觀點並非是超越的觀點，反而是進入更普遍的觀點，「超越有限即是要道出意義的意圖」（《會墮落的人》41）。換句話說，就是從觀看的主體脫身而出，邁入意義、訴說、語言的範疇。此種思想取向使得里柯脫離胡塞爾，又回到康德有關超驗想像如何在理論（思考）、實用（作爲）、感情（感覺）三個面向中發揮其折衝功能，同時也吸取了精神分析、結構語言學、詮釋學的理論，逐漸有語言學的轉變發展。從《會墮落的人》到《活喻》及《時間與敍事》，里柯相當一貫地強調表達與訴說，而且把重點放在動詞上:「言語的超越其重點在於動詞，動詞呈現出肯定宣稱的精神」（《會墮落的人》36）。基於此種自由主動的意圖，里柯堅持幸福並不來自經驗，而是「在具有方向的意識之中孕育」（《會墮落的人》68）。

里柯在「實際」及「感情」綜合這兩節裡大力提倡人類的人性或人格，希望以此種具有方向及規則的人文成分去拓展人與他人之間的關係，並重建人類在墮落情境中的「元本境界」（111）。人類終其一生常以自我保存及累積消費此種動物性的自私關懷去佔有財物、發展權力和追求

⓰ *Fallible Man* 37~38.

名望，其欲望永不得滿足，以至於如叔本華（Arthur Schopenhauer）所說的一直在絕望與欲求之間擺盪，里柯則勸人以超越的意圖不斷地對他人及對象採取開放的態度，在有限的淒涼和墮落的處境中宣稱其肯定的快樂（《會墮落的人》140）。此種肯定的宣稱乃建立於訴說勢必得超越其觀點限制此種見解之上，而所有的意義勢必針對不在眼前的事物產生其意義，因此在自私的自暴自棄、孤立及斷裂的現代生活中，只有參與及擴大生存意志，才能邁向幸福。里柯的看法相當樂觀，不過他的信心、希望卻是在透過對象徵及作品作深入詮釋後產生的，尤其是深入有關罪惡的表達並了解人類犯錯的符號，如原罪，以及從人類的墮落、苦痛經驗之中所得到的啓示。

《惡之象徵》即以詮釋學的方法去探究象徵與神話，在里柯的思想發展過程中是個明顯的轉捩點。象徵在這本書裡代表人類存在處境的矛盾，在希伯來和希臘的文學裡，人類的墮落與過失的象徵及神話道出人類在歷史中的「存在苦痛」，由於此種苦痛是如此的深刻，因此是以充滿象徵、寓喻或隱喻的敍事體流傳下來，直至今日仍深深打動現代讀者的心。想要瞭解這些表達人類罪惡和苦痛的象徵與神話，吾人必須探究其體系及其細膩的含意，在提出此種見解時，里柯已接受了結構主義的某些看法，例如表象以下有更深層的結構，意義是依潛藏的體系來呈現等，因而已超越了現象學的方法，同時也注意到存在主義所未能觸及的語言及意義體系。[17]

[17] Ihde, *Hermeneutic Phenomenology*, 81～103.

象徵和神話均有其象徵表達的基本結構意圖性，不過，象徵是比較原始且根本的表達，通常以類比的方式來呈現立即可聯想到的意義，如墮落是以汚染，罪惡是以脫離正軌，內咎則以控訴或負擔的象徵來表現（《惡之象徵》18）。里柯認為象徵是直接而且是從日常經驗中所得到的啓示：「惡之象徵一開始是建立在直接的意義上，並且從自然經驗中以及從人在空間裡的接觸與取向中發展出來。」⓲以這些想像思維所組構成的象徵當做研究對象，因而是對存在處境的一種印證，透過象徵來掌握「宇宙整體的直覺，在超自然與人類尚未作區分之前的渾沌、豐碩境界」（《惡之象徵》167）。而神話只在意圖上恢復了幾分整體性。里柯提出雙重意圖性來探索象徵，一方面研究其類比的表達，另一方面則視象徵為符號，有其理論面向及成規，亦即是其專斷與抽象的意義體系。此雙重的意圖性考慮到象徵的直接意義及其隱而不彰的含意與體系，既試圖掌握象徵，視其為熟悉的類比表達，同時亦意會到象徵的自足性與其所無法窮盡的蘊含，人因此整個被象徵所吸收，彷彿個人亦成為象徵的一部分。

最根本與原始的象徵，如日、月、水，代表宇宙現象，同時也和夢幻、心理、精神狀態產生關係，因此具備各種意義，並成為思想及語言的主要根源，且不斷激發詩意與文字表達，「宇宙」、「心理」、「詩的」此三種面向乃是象徵富於生機與創造力的特性，其中詩的面向更是「語

⓲ 詳見里柯，"The Hermeneutics of Symbols and Philosophical Reflections," *International Philosophical Quarterly 2*, 2 (1962): 193～94.

言的出生地」(《惡之象徵》13~14)。里柯以現象學與歷史學的方法來分析惡之象徵在希臘、希伯來文明中從古至今，由客體到主體的變化，將象徵分為汚染、罪過、內咎三大類型，以汚染或沾汚的象徵來描述罪惡是最古老的象徵表達體系，因為人們對不淨的事物打從心底便有種不安與畏懼，並在生理與自然宇宙的感覺上對汚染產生反感，人類學的儀式也大多以此種反沾汚為主，例如禁忌(不能碰死者身體、女人月經)或驅鬼等，從象徵演變為儀式行動，產生社會規範及倫理概念，汚染的象徵逐漸由生理、自然宇宙的感覺發展為倫理象徵，而在此種轉變過程中，罪惡的象徵是個關鍵，由於惡之象徵，外在的汚染以及內在的倫理此兩種範疇始落實在經驗上。從此可以用此種體系去界定何者是純淨或不純淨的。在反汚染的儀式之中以及透過此種儀式，純淨與不純淨的體系遂變成一種規則，逐漸安排經驗以形成種種期待、平衡痛苦、去除畏懼，因而開始了倫理化的過程。人類的反省、懺悔在隨著人格化的神誕生後，成為人與神的契約及信任的關係，犯罪或作惡即是背叛神的行為，所以和罪惡的象徵並行的是敬畏神，懼怕神的懲罪，或被逐出，或去除應有的地位。地位在罪惡的象徵中佔有相當重要的分量，因為它顯現出一個人的倫理品質。

由於罪惡的象徵逐漸演變為是個人背叛契約、忽略人與神的默契或崇拜偶像，而不再是客觀、外在的汚染行為，罪的概念於是成為主體的經驗，應用而生的是內咎的象徵，開始依「負擔」、「懲罰」、內咎的「輕重」發展出個人化、主體化的象徵表達。有了內咎的象徵之後，人不僅對人與神的契約有所理解，並且將此種契約內在化，一旦犯了過錯，便開始自內心控訴自己行為的不當，進而感到良心不安。在內咎的象徵中，個人有意識地為自己的作為負起責任，因而希望被寬恕或原諒，否則便會產生出與神永久隔絕、不為世界所容的疏離感。在此種絕望之中，罪的意識無法得到任何承諾，內咎於是化為自我完足的精神處境，彷如是自我包容的牢獄。不過，內咎仍得透過罪的象徵來表達，並無法做到自我反省或自我包容的境界，罪惡的象徵勢必要在罪惡的戲劇及神話之中才能表達並發展其地位。這乃是為何里柯要在《惡之象徵》的第二部分裡討論神話戲劇的原因。

象徵是原始的表達，而神話則是運用象徵的詮釋學，以儀式戲劇的形式來顯現出人類面對神靈的處境。神話因此是以象徵方式所呈現出的人類具體共相幻想歷史。然而，神話雖純屬想像，卻給予人類的經驗方向感、個性及張力，不僅具有時間和經驗面向，同時也導致本體論的探索，企圖去瞭解人類從太初到目前的存在處境。此種自我理解在有關墮落、過錯的神話中尤為明顯。里柯將西洋神話分為四種類型：(1) 創生的戲劇，以巴比倫的神話為其典範；(2) 悲劇，最出名的是希臘悲劇；(3) 靈魂遭謫的「哲學神話」，將靈肉二分；(4)終極或聖經裡有關人類墮落的神話，而這則神話即是核心神話。

宇宙的創生一開始總是渾沌一片，即是生命的開始便意味著渾沌的毀滅，在希臘神話中新的神誕生即意謂上一代的神要被毀滅，而一年四季的周而復始也不斷重複此種創生神話。創生與毀滅生命的暴力及邪惡因此乃是密不可分，在《莊子・齊物論》裡所說的「其成也，毀也」便是指創生與暴力這兩者十分矛盾的結合，而人類的罪惡只是這種創生與暴力的延續及進一步的發展。善惡難分難解的情況在希臘悲劇裡更是具體，往往在命中注定的險惡處境之下，英雄的高貴人格才會凸顯，命運似乎總要限定人不得自由。面對此種命運，英雄雖不斷搏鬥，最後還是被命運擊敗，然而卻在過程中贏得人們的憐憫，讓觀衆產生對命運的畏懼及悲劇感，並在畏懼與憐憫之間發揮其淨化作用，使得人類的品格更加高尙，希臘悲劇英雄伊底帕斯王及普羅米修士均是此種悲劇人物的典型，他們雖是命運的犧牲者，博得了大衆的同情，但同時也令人敬佩，因爲他們充分流露出知其不可而爲之的英雄氣慨。這些悲劇英雄多少也和創生神話有些關連，例如普羅米修士即是人類的祖先，他得知創生與毀滅的祕密，因而受到衆神之神宙斯(Zeus)的迫害，他代表自由，抗拒邪惡與蠻橫的統治，而自願接受暴政所施予的酷刑，並以理智來預知暴政必亡。

第三種有關靈魂遭謫的神話，也是來自希臘，此種神話敍述人類在創生之時便具有精神（神聖）與肉體（世俗）兩面，不過人類往往只發展肉體的層面，一心追逐名利與欲望的滿足，而放棄靈魂。靈魂雖在肉體的牢籠中生存，卻不斷與欲望、激情發生衝突，並一直渴望能回到神聖的根源，因而有理想與現實、身心、表象與本質等的二元理論，試圖以知識去解救、教育靈魂以達到「自知之明」（know thyself）。第四種神話則是完全不同的聖經神話，談亞當的墮落與重生的故事。在伊甸園裡，人本來是天眞無邪的並具足神所賦予的神性，然而在受到誘惑、偸嚐蘋果之後，亞當和夏娃卽遠離了原初的善良與純眞，而開始了人類的罪惡。亞當的神話使人類找到了其罪惡及墮落的起點，並使罪惡成爲歷史事實，然而從這個起點也發展出罪惡與救贖的辯證，卽在脫離正軌之後又想重回到樂園，因此在墮落與希望之間，人類的歷史反而是一部自我糾正與救贖、解脫的歷史，其間充滿著希望。神話的歷史與辯證發展是從創生到終極，暴力到救贖的發展，同時也使得基督教的神話勝過巴比倫的神話，使人類在靈肉二元對立的處境，或面對不可知的邪惡命運時對本身的局限有所理解，以內咎的感覺來表現使人忐忑不安的內心衝突，進而改變其思想與行爲的陋規，並作自我革新。有關此種墮落與救贖的神話，其後來在倫理與存在哲學中繼續演變的結果是人將會受到外界的邪惡影響，然而邪惡實際上也是人自己招惹來的，因爲除非本身已有犯罪的思想和動機，邪惡是不可能無端從天而降的，所以認爲人的意志導致行爲，而邪惡是被人所激發、發現的。

根據里柯的分析，神話乃是來自象徵，象徵是最根本的，而神話只是其變數。對邪惡象徵的解讀，一方面可以看待它是外在、客觀的，另一方面則可以視之爲內在、主觀的，是由自己招致來的。以這兩種解讀方式來看，原罪的概念可以說是與生俱來的，也可以說是由本身激發出來的，它破壞了原來的純潔，以至於墮落，旣是處境使然也可能是由本身的行動所引發，如此一來，探索惡之象徵乃是去引發、接受邪惡，使主、客體的辯證關係得以成立，以便人可以得到墮落的自由同時也得到行動及反省的自由。

里柯的《惡之象徵》是他的詮釋學的起點，自此象徵與表達便一直是他的思考主題，在《時間與敍事》第一册第三章裡討論到三層模仿時，象徵的作用又成爲一大重點。他晚近的著作則又回到罪惡的主題，[19]邪惡及其辯證的詮釋因此構成里柯本人一再重複詮釋的對象。透過此種研究，他似乎想呈現出對新時代的希望與信心，而且也企圖將象徵落實到精神與文化上，這在他的下一部著作《佛洛伊德與哲學》裡最爲明顯。

[19] *Le mal: un defi a philosophie et a la theologie* (Geneva: Labor et fides, 1986).

第　三　章

語言、象徵與精神分析

緊接著《惡之象徵》此一重要著作，里柯推出《佛洛伊德與哲學》(*Freud and Philosophy*, 1965)。在《惡之象徵》裡，里柯已運用了精神分析的方法，尤其是有關「無意識」(the unconsciousness) 的見解，來詮釋罪惡在不同時代的表現以及它與欲望之間的關係，象徵是里柯的神學思想與佛洛伊德的精神分析都接觸到的一大主題，里柯由聖奧古斯汀到馬色爾到佛洛伊德的發展因此是沿著罪、信心以及象徵的詮釋過程，而佛洛伊德的詮釋學也爲里柯的隱喻學和詮釋學鋪路，使得他走出存在主義現象學的困境，對存在主體（人）的意識、潛意識、無意識的活動有較複雜而深入的看法，不再像胡塞爾那般天眞地設定一個超驗主體或一個統一體。由於存在主體在意識及無意識層面受到多重的組成，自嬰兒時期的「原初景觀」，意味到本身與母親的分離，而形成與父親的張力與衝突，逐漸吸收規範與禁忌的教訓，對本我的欲望行使自我監督與壓抑，但又在無意識的活動中（如夢），將此被壓抑下去的欲望加以轉化、替代，並以無法理解的文本方式，呈現此一欲望以及原初景觀的一再回顧，有關夢的詮釋、症候、文化、衝突、壓抑與精神結構等的意義因此成了瞭解自我與社會的關鍵。

在〈對佛洛伊德的一種哲學詮釋〉這篇文章裡，❶里柯區別「閱讀」與「哲學詮釋」，閱讀是思想史家的工作，大體上是以客觀的立場來理解原作，而哲學詮釋則是哲學

---

❶ "A philosophical Interpretation of Freud," *The Conflict of Interpretation* 160~76.

家的工作，除了閱讀之外，還要採取某種觀點，嚐試以另一種方式來重新定位，一方面跟著佛洛伊德去看，另一方面則質疑、反對佛洛伊德的見解。《佛洛伊德與哲學》顯然是一種哲學詮釋，是里柯透過佛洛伊德來討論更廣泛的課題，而且只是衆多注釋之中的一種讀法而已，並不排除其他詮釋的可行性。

〈對佛洛伊德的一種哲學詮釋〉是以很簡潔的文字道出里柯對於佛洛伊德的看法，首先，里柯以欲望的語意學來探索力量與意義彼此牽連的情況，並研究夢、徵候、文化的意義及欲力、衝突、壓抑等力量的作用，因此一方面注意到生理與心理上最實際、自然的層面，同時也顧及本能、無意識、本我（id）等在意義形成過程上的作用。其次，里柯視精神分析爲主體的考古學，是一種探索主體之本源的學問，並且也是一種蘊含目的的思想，除了試圖在過去找到意義之外，也企圖在未來的行動中看出其延續性。然而，精神分析不但追溯主體的個人及家庭歷史，也將主體的無意識納入其分析範疇，因此反而看待意識及其主體是問題，是個極待詮釋與重新瞭解的變數，沒有一貫或統一的主體性。與這種主體的詮釋不悖的則是精神分析所提出的藝術、道德和宗教詮釋學。里柯因此在另一篇文章裡，也視佛洛伊德是位文化詮釋者❷，並對於他的文化、宗教見解有所批判。

根據里柯的分析或「架構重建」，佛洛伊德的著作是

❷ "Psychoanalysis and the Movement of Contemporary Culture," *The Conflict of Interpretation* 121～59.

爲所有的讀者而撰寫，並非只針對專業學者或他的學生而已，因此有其普徧性，可以經由哲學詮釋來加以重建。佛洛伊德在其一生的論著裡大致可分爲三個面向，第一個面向是有關夢之解析及精神病癥，最後則是以《復設心理學論集》作總結，是探究自我、本我、超自我組構的人格學。❸第二個面向是討論文化及理論的作品，主要談的是藝術、理想及偶像，是以夢與實現希望的辯證邏輯來進一步探究欲望與文化的關係。第三個面向是愛與死，尤其以《文明及其不滿》爲代表，將本能與文化的辯證擴大來重新詮釋文化。此三種面向事實上有頗多重疊或者彼此修正之處，里柯是以「欲望語意學」來加以連貫，而重點則針對佛洛伊德在意義與力量之間所使用的混合論述：一方面發現到意義的作用，另一方面則訴諸能量、精力的概念，以衝突的律動、動機、力量的大小來描述壓抑，以至於在這兩種截然不同立場的表達方式，呈現出可被讀懂與不可被理解的作品，最明顯的例子是夢之作品，不但表達同時也掩飾了力量關係，而此種混合的論述又透過象徵及隱喻的過程，因此變得更加複雜，以《佛洛伊德與哲學》裡的話來說，即是「精力活動之中蘊含著詮釋學，而詮釋學則顯示出精力能量，重點則是欲望的出現或設定點是在於象

❸ 有關英譯 ego, id, superego 的不當，見 Bruno Bettelheim, *Freud and Man's Soul* (New York: Vintage, 1984). 中譯基本上是由英譯導出，錯誤更大，此處只是從俗，依舊沿用。陳傳興教授的大作<不可能的語言：精神分析或心理分析>收入葉啓政主編《當代西方思想先河》(臺北：正中，1991) 170～217也可參考。

徵化的過程，同時也透過此一過程來顯現。」❹

精神分析是介於自然科學與符號學之間的論述，既不能以自然科學也不能用語言學的方法來理解它，心理學上所使用的術語「驅力」(drive, Trieb)，在精神分析中僅能以衍變、扭曲的方式來呈現其意義作用，由於驅力是在心理再現的語言中產生，驅力可用來詮釋欲望，然而欲望與語言之間的關係卻非常含混，誠如邊門尼這位符號學家所指出，無意識的象徵活動，嚴格來說，並非是語言現象。欲望與夢是以意象的方式，來進行替代和轉化的活動，而並非是在語意或語音上作變化而已。夢一方面將語言加以扭曲，另一方面卻是在諺語、民間傳說、神話等等大單位的語言論述中呈現其修辭關係，是以再現 (vorstellung) 的方式來呈現主體在論述之中的過程，因此運用到隱喻、換喻、代喻、婉轉寄託、用典、反面說詞、誇飾等修辭技巧，以物或字的再現來指出驅力所賦予的意義作用，在此一層面上，事物與文字是相通而非是對立的。

在驅力、本能 (trieben) 與語言之間的關係無法明確掌握的條件下，再現既非是生理的範疇，亦非是語意學上的現象，而本能的再現尤其是問題之核心所在，因為本能更能綜合運用事物來表達其語言，幻想與語言在此一再現活動之中始終是截然劃分的。里柯試圖提出哲學詮釋，便是想理解本能及欲望在意義產生的過程之中佔著何等地位。他採取納貝爾 (Jean Nobert) 的觀點，認為理解

❹ *Freud and Philosophy: An Essay on Interpretation,* trans. Denis Savage (New Haven: Yale UP, 1970)65.

與自我理解絕對不可分開，而象徵世界乃是自我解釋的環境，亦即是謂人是在此一環境中，透過象徵媒介以安身立命，投射並瞭解自我，只能透過詮釋符號來理解自我存在的欲望（渴望成為何種人物？）及其意義。里柯的關懷是精神分析如何才能對反省哲學所設定的思考自我（cogito）提出有益的修正意見，使自我理解到本身在意識、無意識中所無以掌握、「喪失中心」此一心理家庭與社會歷史層面，同時在反省此一歷史的「考古學」及瞻望未來的「目的論」之間達成辯證的反省。經由分析本能與自戀、超自我與偶像、愛與死，來瞭解自我從嬰兒到成年，從欲望到目的，從文明、不滿到歷史的呈現中具有某種文化形塑的前瞻性意義。因此，精神分析是一種媒介，讓自我理解過去（本能、欲望、文化），而且也找到了未來的動向，一如黑格爾所說的歷史與絕對精神。《佛洛伊德與哲學》因此不但仔細追踪佛洛伊德的思想發展，探討他如何由早期的病理、物理心理學的科學方法，轉變到後來的精神分析以至於對文化和創造力特別注意；同時也討論到語言與無意識的關係，將佛洛伊德與文化詮釋加以關連，並找出其思想規則，以便與其他詮釋方式搭配（《佛洛伊德與哲學》xii）。

一、介於心理學與現象學之間的主體考古學

里柯透過佛洛伊德的精神分析，試圖解決他對於現象學的不滿之處，同時也藉此開拓他自己的詮釋學，因此佛

洛伊德的學說中有關語言、象徵、詮釋的見解便成為他在《佛洛伊德與哲學》這本書中的重點。這本書共分三個部分，第一部是針對如何定位佛洛伊德的問題，來探討精神分析所發展出來的解釋方法及反省哲學，就象徵與語言反省的關連作深入的發揮；第二部則是屬於分析的部分，將佛洛伊德生平分為三個階段，緊扣著精力與詮釋，文化詮釋以及愛與死等主題，來闡明佛洛伊德的理論架構及其研究心得；第三部分則由佛洛伊德的精神分析方法進一步來闡揚其哲學與詮釋學意涵，認為精神分析並非實證科學，而是針對自我主體及意識所提出的考古學及存在宗旨探討，並就象徵的作用及其階層等第來建立詮釋學，因而對宗教研究有所貢獻，但也有其盲點。以此種較為廣泛的角度，里柯試圖重新詮釋佛洛伊德的精神分析，看待它是由夢的解析，透過藝術與道德，到文化與宗教的反省，因此是現代文化的產物。

精神分析的眞正課題是如何面對並解決無意識與語言的問題，這由佛洛伊德從失語症、歇斯底里到夢的解析等理論發展即可看出，在這些研究裡，有關無意識的作用及其定位，是和語言的失落、重建、扭曲變形等有密切的關連。佛洛伊德發現到：語言總是向外開展，不斷由一個意符到另一個意符，或在意符與意指之間互換，並以一再流動的過程來呈現新的面貌，採取相對的位置，與過去所形成的心靈創傷形成某種「轉述」或轉受的關係，因此在精神分析師與被分析者之間的對話中，針對夢的語言及其中的象徵，每一次都可能有不同的解釋，因而始終無法完全掌握其眞實意義。由於佛洛伊德認為語言是向外並向其他因素開展的過程，他對語言、象徵及詮釋的態度於是與結構主義者的觀點完全不同。結構主義者如索緒爾是就語言的內在及底層結構，透過任意及差異性的規則來構築意義的系統，對語言的本源及語言向外開展的過程並不感興趣，索緒爾標榜「順時的」(synchronic) 而非歷史性的結構語言學，以別於「異時」(diachronic) 而屬於歷史的文字學研究傳統 (philology)。對里柯而言，佛洛伊德所提出的「主體考古學」及其語言哲學正好可以用來說明人類追求意義的活動及其錯綜多元的作用與關係網絡，並可塡補結構主義與現象學之間的空白。

佛洛伊德本人一直在醫學與文化理論之間擺盪，他有關藝術、道德、宗教方面的著作是在《夢之解析》問世不久之後推出的，因此想要瞭解他的文化理論勢必要回到他在1900年所著的《夢之解析》。自從這本巨著出版之後，夢即成爲文化研究的基本模式，夢不單只是作夢者本身的歷史及其「神話」，同時一般所謂的神話往往也是人們在醒著的時候所夢到的景象。伊底帕斯王或哈姆雷特的境遇都可以用夢的方式來分析，可說是人類的希望或欲求的另一種表達方式(僞裝、替代、虛構)。在佛洛伊德的理論中，夢顯示出欲求與語言的各種關係，夢是針對無法實現的欲求所發展出的「表陳」方式，想要研究夢的意義就得將夢視爲是「夢之文本」(dreamtext) 來分析夢的內涵以及欲求的原始表達方式，並從中發現其更深層的意義，以夢的無意識語言來發展「欲求的語意學」，探討欲求與壓抑所構成的動態關係，並提出下面這個問題：欲求如何透過語言來表達？假使「言不盡意」時，欲求爲何無法表達其本身的需要？里柯認爲精神分析的重要性卽在於提供了新方法，來探討人類語言及人類欲求的意義，而且將關鍵放在夢上。

夢的文本是向其他符號及意義關係開展的語言，夢並非是我們心理生活中的一個邊緣現象，或只是我們在夜間的胡思亂想，它反而啓發了各種心靈活動，因此產生了精神病及種種文化行爲。在夢的文本裡，表面的意義及深藏不露的涵意往往透過語言的扭曲轉形來達成複雜的象徵呈現，所以想要瞭解夢的意義，首先我們得針對表面及深層意義這雙重意義的活動及其含混、雜陳或模稜兩可的象徵表現，就象徵與詮釋本身的問題及彼此之間配合上的困難有所認識，因爲象徵（如狼、沙、火等）是具有多重意義的語言表達，本身便必須由分析者來加以注釋，然而詮釋的工作則面臨如何瞭解種種象徵及象徵之間的關連等問題，也就是如何解開象徵的迷團，將幻象消減，進而還原其本來意義，就象徵對實際情況（原初景觀）所作出的暗示、轉變、扭曲、替換等作用，從其片面的變形與扭曲，找到全面的眞相及其意義，以便透過分析者與被分析者的移情傳釋（transference），重新體驗當初的心理創傷並發現因應之道。例如朶拉（Dora）的第一個夢，在佛洛伊德的分析之下，是有關朶拉對過去的心靈創痛所引發的歇斯底里，這個夢的故事非常簡單，朶拉說她夢到：屋子起火了，父親站在她的床邊，叫她趕緊起床，她很快地便穿好了衣服，她的母親則因想要搶救珠寶盒，所以還不願立刻就逃出去，父親便說道：「別光只想到照顧妳的珠寶，我可不要我自已和兩個小孩喪身火窟」。於是全家人急忙下樓來，等一逃到外面，朶拉便醒了過來。根據佛洛伊德的詮釋，朶拉的夢是將她童年的經驗以及後來成年的事件整個混雜在一起，是用過去的模式來重新塑造現在，以至於整個事件是以其童年的一次火災經驗爲背景。火災一方面是暗示「玩火自焚」，對感情或婚外情有某種與生俱來的畏懼感，因爲從小父母便敎我們不可以玩火，另一方面火災則是與水密不可分，而小孩子害怕溺床挨罵，因此火災於是成爲一種隱喩的表達，藉以替換對尿濕的畏懼，而且當我們進一步將尿濕與整個故事放在一起時，尿濕更暗示了性亢奮所引發的淫水氾濫，因爲夢中的「珠寶盒」是女性的貞操與生殖器官的象徵。母親想搶救珠寶盒卻挨了父親一頓罵，其實是朶拉從小就嫉妒母親，認爲母親搶走了父親對她的溺愛，因此在夢中設想母親是個守財奴，不顧家人的生命而遭到大家的指責。事實上，母親想要搶救的珠寶盒乃是朶拉的貞操，她害怕一位叫K先生的朋友會對朶拉進行性騷擾，因此企圖以種種方式來保護她，然而朶拉始終排斥母親，認爲父親才是她最親愛的人，因此在夢中母親變成是離奇古怪的人。至於火災的起因，則在佛洛伊德的逼問下，朶拉才「供出」那是K先生抽煙所導致的，爲什麼朶拉不敢面對K先生抽雪茄的這一段故事呢？佛洛伊德分析說那是與朶拉暗戀父親、權威男士（包括佛洛伊德本人）有關，火災的夢，一方面顯示了朶拉小時候溺床的經驗（一直到七、八歲時，她才不再溺床），另一方面則是害怕與親近的人產生性經驗而玩火自焚。這一個夢也將K先生和父親混爲一談，因爲朶拉後來才想起來，K先生經常到她的房間，而她一見到他便立刻把衣服穿好怕暴露身體出來。這些童年的經驗逐漸累積，不斷地被濃縮、壓抑，但又一再回過頭來，以象徵的言語、符號表達在夢中出現。佛洛伊德將象徵一一整理之後，夢的意義似乎變得明朗了。透過對象徵的理解，佛洛伊德因此提出癥候、夢思、多元決定（overdetermination）及濃縮（condensation）、文字遊戲與自由聯想等詞彙，試圖瞭解夢之文本中可解與不可解這兩種成分的關係及其中的動力（驅力）。

佛洛伊德強調象徵的文本結構以及由象徵所導出的力量（欲望、力必多等）與意義之間的關係，因此爲象徵研究提出深度詮釋與批判性的知識論，一方面透過象徵來追溯夢的主體（作夢者）本身的歷史，另一方面則探討其宗旨，讓人得以從童年的幻覺之中解脫，透過面對、分析、瞭解、反省以達到心理的成熟，由不滿現狀到進一步在文化、社會中發揮其創造力。針對主體的「考古學」，佛洛伊德提出對本能（本我）、驅力的理論，闡明自戀（narcissism）的傾向，以至於面對社會所構成的「超自我」以及文化宗教上的「偶像」時該如何定位自我，在愛與死的交戰之中，發展出對目前情境的反省。在文化的終極宗旨上，精神分析所提供的自戀、掠奪本能等架構則與經濟上的佔有欲，政治上的權力等如何與個人的價值觀念形成緊張或協調的關係彼此呼應，精神分析的詮釋學則在這個層面上彰顯了「意義的自我解脫與去除中心雙重活動」，在退縮（返回童年、嬰兒階段，只求滿足本能需求）及進步（由不滿現狀到開創文化、藝術、道德、宗教）之間有所抉擇與反省。由於精神分析是對主體的「考古」與反省，精神分析並非心理學或一般藉由觀察、演繹所發展出來的客觀科學，同時精神分析也不是運用「還原」(reduction) 的現象學方法，來探索意識 (consciousness) 或意圖 (intentionality)，精神分析反而認爲「當下即是的意識」是無意識遭受到壓抑、轉變的癥狀，因此極待分析與詮釋。精神分析遂在心理學和現象學之外別立其考古學與反省方法。

儘管里柯對精神分析的哲學反省讚美有加，他的神學背景並不因此而被壓抑下去，在《佛洛伊德與哲學》的最後一章裡，他指出佛洛伊德的文化理論對昇華本能及宗教一神論的看法是有其局限的。在里柯的分析，伊底帕斯情結是個重要的切入點，因爲這個情結構成了佛洛伊德闡述藝術（如米開朗基羅）、道德（文化與不滿）及宗教（摩西與一神教）的基本架構。佛洛伊德以弒父情結及本能驅力的學說來談文化昇華，主要是採動力和經濟 (economy) 的觀點，里柯認爲這種詮釋過於系統化，以至於忽略了具體的歷史發展，同時是以幻象 (illusion) 的理論與遭受壓抑的因素會一再回頭 (return of the repressed) 的邏輯使文化展望變得封閉而累贅式的重複。

二、精神分析與當前文化

佛洛伊德是以場景及本能動力的經濟模式，來探索過去（尤其是童年經驗）所遭受到的壓抑、扭曲而在無意識的言談（如說笑話或失言）或夢境再度展現的僞裝、替換形式與其象徵意義，因此在精神分析的架構之下，藝術、悲劇均是藝術家自我內心衝突（特別是戀母情結）的投射，宗教亦是以弒父的方式，去除多神或早期的父權神祇，只保留一位人格化的神，以一神教抹殺早期的多神教，米開朗基羅的摩西畫、索佛克里士的《伊底帕斯王》、莎士比亞的《哈姆雷特》等作品便是其中著名的例子，這些藝術品均表現出藝術家弒父戀母的情結，而且將這種情結投射到作品中的人物身上。哈姆雷特無法忍受父親的地位被叔父篡奪，一方面固然是因他認爲父親被叔父所殺害，爲人子必須要復仇並取回自己的繼承權力，另一方面則是因爲他與母親過分的親膩，認爲母親應歸他佔爲己有而不可以再與其他男人鬼混，因此在全劇中他反而更重視母親和他之間的關係，並一再指責她輕易變心，父親、叔父則淪爲較次要的人物。

里柯認爲佛洛伊德對夢的解析以及他對文化、宗教的分析只側重於動力的僞裝轉變以及其象徵表達，而忽略了藝術與文化或宗教是將幻想落實在具體的物質上，而且它們是與大衆溝通的行動，因此不像夢那麼純粹是私下的衝突、壓抑與重新出現。更何況文化與藝術作品不僅是表達出個人與時代的種種有形與無形衝突，而且更勾勒出衝突的解決之道，或對衝突作深入的描述、反省，藉此達到自我瞭解，以便繼續向前邁進，開展未來。因此之故，我們在聆賞藝術品之時，不但可以從中重溫我們自身的心理與社會衝突，同時也分享了作品之中的眞實情境及閱讀的喜悅，也就是深入體會到作品中的人物所引導出來的價值或評價世界，而此種價值世界並非是政治經濟學，以擁有（本能、欲求）及壓抑轉變性的創造此種理論所能完全描述的。因爲這種價值世界是開啓自我，將自我（oneself）視爲他人，以別人對自我的意見與接受態度來重新塑造自我。❺此種將自我轉化爲對象，從對象的客觀性（objectivity）來探索自我的可能性正是藝術、宗教的作用，而且也是藝術「無所爲而爲」的美學領域，與擁有或權力（驅力與欲求）的領域是全然不同的世界。里柯認爲佛洛伊德的學說在美學與文化領域上便有其局限。正如人不斷地超越童年的經驗，成長、開展新的面貌，文化與藝術是從過去的傳統之中昇華脫身，開顯人類面對自然與文化限制的自由展望，如果我們只沈溺、緬懷於過去，一味以主體考古爲研究重點，甚至於將藝術視爲是家庭史（family romance）之中錯綜的認同與衝突關係的另一種形式的昇華，那不啻是將藝術與宗教的本質整體抹煞，不但以簡化而約縮的詮釋學把文化錯看爲是幻覺、夢想的領域，而且也將價值世界與權力或經濟世界混爲一談。

在《佛洛伊德與哲學》的最後一篇裡，里柯指出佛洛伊德對圖騰、禁忌、一神教等的洞見與不見，他說佛洛伊德最大的偏差在於他認爲宗教與藝術不斷將父親轉變爲是圖騰動物，或甚至將父親抹除，並在無意識中恢復母親與自我的親密關係（如李奧納多・達文西的蒙娜麗莎可說是畫家重新拾回母愛的作品），因此父親或神乃是欲求的對象，然而人們從小就害怕觸怒父親而遭到閹割，因而不得不崇拜父親或以畏懼但又欲求其地位的矛盾心理來看待父親爲命名

❺ *Freud and Philosophy*, 523, 此觀點更是里柯的近作 *Oneself as Another* (Chicago: U of Chicago P, 1992) 全書的旨趣所在。

者、立法者，以至於忽略了母親這位生命的賦予者。里柯以歷史、社會學及神學的立場來駁斥佛洛伊德，他認爲父親其實並不只是欲求的對象而已，而更是語言存在與機構（如社會、家庭等）的泉源，父親並非是被壓抑的元素一再回頭，而是創造過程的產物，是人類在詮釋、瞭解文化的過程中所意識到的一種信仰對象，透過此一對象，人類因而知道自己在生與死之間可以選擇放棄欲求而擁抱信心（faith）與愛，獲得近乎「非人格化」的永生。

在〈精神分析與當代文化的運動〉這篇文章裡，里柯在現代文化研究的運動中將精神分析加以定位，稱呼它是「文化的詮釋學」，他說精神分析「顯示出文化的轉變點，因爲精神分析對人所作的詮釋對整個文化產生了非常重大而且直接的影響。它使得詮釋變成是一個文化片刻，藉著詮釋世界改變這個世界。」❻精神分析與一般詮釋方法的不同之處是在於它對「整個文化作詮釋」，是以系統的（而非歷史的）方式來看文化、藝術、宗教，提出場景經濟的普遍觀點，以至於在此種經濟模式之下，只強調驅力能量的活動，而忽略了價値的創新，因此未能釐清文明與文化的界線。

對里柯而言，文明是對自然種種資源及力量的支配活動，是功利而經濟的投資行爲，而文化則是無所爲而爲、十分理想的價値實現活動。由於佛洛伊德無法理解文化與文明的差異，他始終是以力必多（libido）的能量平衡來看待個人及文明發展。他說文化的起源是人將最原始的欲

❻ *The Conflict of Interpretations,* 121.

求與本能衝動（如亂倫、食人、殺人等）加以抑止，使衝動在禁忌的限制之下，轉變爲法令與制度，一方面建立倫常、階層、社會規範，另一方面則以宗教儀式犧牲，來重複原始社會所遭到壓抑的本能，進一步達成壓抑本能的補償作用。在個人的層面上，是父親對嬰兒的亂倫衝動加以抵制，而在家庭及社會上則是立法禁止多妻與婚外情的行爲，而由於性衝動的壓抑，所有的動力便朝向文化、藝術、宗教的創造發展，遂產生了一種奇特的「社會性愛」(social erotics)，將社會視爲是性愛發揮其力量的場所，將個人的衝動加以昇華，方能全力投入社會，延綿社會的生命，超越了個人的「愉悅原則」(pleasure principle)，以工作與「大愛」來取代最本能的佔有衝動，同時藉此化解人與其他人之間的敵對關係以及「謀殺衝動」(death instinct)。由於過分的壓抑，幾乎所有的人都有某些程度的精神失常，一味將內在無法滿足的欲求壓抑，轉變爲社會上的掠奪、佔有、嫉妒、毀滅，而且往往以虐待狂或被虐待狂的方式來達到暫時的滿足。爲了不使這種變態的行爲過度發展，文化與宗教便運用「罪惡感」來化解暴戾之氣，將不滿轉移爲創造的原動力，並由消滅他人的衝動昇華爲愛人的大悲心。

佛洛伊德以文化所加諸人身上的禁忌及扭曲，來建立一個文化「衍生」的模式，探討歷史現實的「無意識史軌跡」。在宗教與神話象徵中找到人類最原始的重大創傷——無法佔有母親，無法滿足本能衝動的挫折感。宗教提供人類幻覺，彷彿在上帝的身上找到父親的代替者，將之犧牲又使之復活，而藝術則將藝術家的幻想加以表現，讓我們沈醉於其中，分享其作白日夢的快感，將嬰兒的戲耍與愉悅原則發揮無遺，不再受到禁忌的限制。里柯雖然承認佛洛伊德的某些觀點相當深入，但是他認爲佛洛伊德以衍生的理論來說明文化的作用，並不足以解釋人類透過想像在重溫舊夢時所開創出的「革新改造」。

就如伊底帕斯王一再拒絕別人提供給他的眞理，佛洛伊德不談人在分析過去的心靈創傷時所達成的自我認識與成長，因此他才會強調人的自戀傾向及遭壓抑的元素勢必返回此種回顧的活動，而殊不知人是在接觸他人，重新定位自己，將自戀和自以爲是的思想習氣整個拋棄了之後，方發現到自我意識，並進一步形成社群意識，提昇文化與溝通理性的作用，而不致於淪爲自我中心的享樂主義者。事實上，這些較積極、開放的態度，在佛洛伊德的學說中，亦是可以找到極待闡揚與反省的面向。里柯說佛洛伊德的重要模式是伊底帕斯王的故事，但這個故事的啓示並非是伊底帕斯王的弒父淫母情結，而是在此種「天怒人怨」的悲劇事件之後，伊底帕斯王自己譴責、自我放逐，認淸了悲劇事實，也於是產生了認識自己與他人的智慧。因此，我們可以說里柯的《佛洛伊德與哲學》試圖將精神分析從伊底帕斯王的弒父淫母的那一個場景轉移到伊底帕斯年老時在克羅那斯 (Oedipus at Colonus) 的情景，勾勒出精神分析經過將近一個世紀的成熟、自我反省階段所產生出來的智慧。

第　四　章

詮釋理論：解釋與瞭解

里柯在文學研究與神學敍事學上佔有重要的地位，主要是由於他的詮釋理論，綜合了自然學科的解釋方法及人文學科的瞭解（知音）論，化解了結構主義與詮釋現象學（hermeneutic phenomenology）之間的矛盾，同時也對伽達瑪與哈伯瑪斯在詮釋學的爭論，提出折衷的見解。他一方面重視傳統與歷史性，另一方面則強調詮釋活動的意識形態批判與反省作用。因此，在詮釋理論方面，里柯儼然是位集大成者，雖然步伽達瑪的後塵，卻是一位發揚光大並且有所突破的傳燈人。

想瞭解里柯在詮釋學上的貢獻，我們得先鳥瞰詮釋學的發展歷史，並對詮釋學大師們的論辯作些說明。詮釋學（hermeneutics）這個詞彙是由希臘神話中的傳信神（Hermes）衍生而來的，意義即是：傳達、瞭解他人訊息的藝術或科學，然而問題就在於傳信神賀米士本身有極其複雜的身分及不大一致的表現。他不但是天神宙斯的傳信神，也是專司貿易、交換、流通的商業守護神，同時更與宵小之輩有些關連，所以連小偷也奉其爲祖宗，其原因是賀米士小時候曾偷竊阿波羅（Apollo）的羊，而且屢次欺騙其他的神祇。基本上，賀米士並不是一位可靠且具有一貫性的神，儘管他專門替衆神之神宙斯傳達命令及訊息。因此，詮釋學的字根起源從一開始便有內在的矛盾，同時也註定了詮釋學錯綜複雜的命運，因而始終在客觀與主觀之間激盪、搖擺。

一、早期詮釋學的發展與問題

「詮釋」這個詞彙在希臘文中有動、名詞兩種形式，許多古典作家，如柏拉圖、索佛克里士、亞里斯多德、傑內豐、普羅塔克、依畢克羅士都曾提到此一或相關的詞彙。大致上，「詮釋」是一種導致他人瞭解意義的過程，因此具有三個面向，第一個是「表達」或「訴說」的意思，第二個是「解釋」或「說明」，第三個則是「翻譯」，透過其他文字或方式去重新發明原意。這三種「詮釋」的意義及活動均和賀米士宣布天神的意旨，替他解說，並加以翻譯或用另一種表達方式來傳達的活動息息相關。在一般日常生活的對話裡，我們也常用到此三種意義的「詮釋」，例如甲對乙說：「公園裡有個符號說：車輛不得進入」，甲便是表達、訴說出他所看到的符號及其訊息，同時他也向乙作了說明及翻譯，將符號背後的意思與符號本身加以解釋、迻譯。乙則也對甲的這句話及其背後的含意進行詮釋和揣摩的工作。甲的言語是否表達出禁止與規勸的意圖？是否可將這句話解釋為：「所有車輛，凡是四輪或兩個輪子以上者皆不得進入公園？」那麼，嬰兒車、腳踏車是否可以進出公園呢？當初這個符號及禁令的設定者到底是如何界定「車輛」的呢？是否可讓消防車、救護車、殘障者的輪椅進入呢？是否有通融或例外的可能？如果「禁止」或「車輛」這些詞彙換成其他字眼，又會是什麼意思呢？「絕對不允許」或「在合理的情況下，不容許?」而「車輛」則指「製造汚染、噪音，使用汽油、引擎的車輛」，還是指「四輪」或「兩個輪子」以上的交通工具?而除草機算不算是車輛?……這已涉及解釋與翻譯的活動了。

由於連簡單的語句也會涉及宣稱意義、解釋及翻譯的過程，打從人類在此世界出現之日開始，詮釋學在日常生活及文學作品中即一直有相關的理論與實踐，而希臘、羅馬的文學家和思想家只是將詮釋活動加以整理、描述而已。在古典時代，詮釋學與法律審判也密切關連，最著名的例子是優里畢底士 (Euripides) 的劇作《喜帕萊特士》(*Hippolytus*)，故事描述雅典國王西細爾士 (Theseus) 的兒子喜帕萊特士，因爲長得俊美高傲，深得後母菲德拉 (Phaedra) 的歡心，由於兩人的年紀相近，菲德拉便趁西細爾士不在時，對喜帕萊特士百般引誘、挑逗，而喜帕萊特士始終絲毫不爲所動，菲德拉於是惱羞成怒，反而指控喜帕萊特士汚辱她，西細爾士不明就理聽信了菲德拉，便逼死了自己的兒子，等到後來眞相大白時，他才後悔莫及。然而，有關正義、公理的問題，作爲與動機的善惡，在面臨文字、沈默、歪曲的暗示時孰重孰輕?何者是可以依賴的?尤其當遇到性別、語言表達與眞理的困境時，詮釋活動更是一個重大課題。在此劇作裡，除了一再顯現動機、語言、沈默和詮釋判斷之間的困難外，也不斷將世人對片面眞理的執著以及無知的自傲作深入的剖析。因此，眞相與正義並不是此劇本的重點，其關鍵反而是對無知、片面的瞭解，以及因爲無知而導致的傷害。

類似而更爲人所熟知的是伊底帕斯王及奧瑞士提斯

(Orestes) 的故事，伊底帕斯王在一出生時，即被預言將來會弒父淫母，於是他的母親便命令侍衛將其拋棄在郊野，然這好心的侍衛卻將其交給鄰國的一位牧羊人，後來還被該國的國王收養。長大後，他曉得了這個預言，便逃往他國，卻在路上殺死了一位長者，並解答了人面獅身獸的謎語，因而娶了王后爲妻。他原以爲可以逃避命運，沒想到最後還是印證了神的預言，所以在責怪自己的無知之後，他弄瞎了眼睛並四處流浪。在索佛克里士的劇作裡，伊底帕斯王一再宣稱自己是在逃避命運，而且對自己以往的事蹟，提出種種說明，同時也藉助他人來迻譯，然而在這一連串的詮釋過程裡，從追究往事及其意涵之中，卻發現到自己的逃避，反而使其回到了祖國，而在路上失手誤殺的老人，原來就是自己的父親，並且所娶的王后竟然是自己的母親。這部劇作從頭到尾都是詮釋的過程，一大半是伊底帕斯王自己對往昔事蹟的詮釋，然後又經由他人的指證，才一再發覺自己的詮釋是誤解，所謂的瞭解其實是「無明」，因此他寧可失明。重要的是他不屈服於神諭，堅持用自己的方式去詮釋自己的言行及其命運，而他人對他所下的道德判斷，並不完全只視其行爲及結果而已，也根據其驕傲與動機。

奥瑞士提斯王子的故事也觸及動機與審判。奥瑞士提斯是希臘聯軍統帥阿格曼儂 (Agamonon) 的兒子，當阿格曼儂出征在外時，他的妻子也就是奥瑞士提斯的母親克萊田內絲特拉 (Clytemnestra) 與人私通，就在阿格曼儂班師返國時，以斧頭殺死了阿格曼儂。等到奥瑞士提斯長大後，便與其姊伊列克特拉 (Electra)，將姦夫淫婦除掉報了父仇。由於奧瑞士提斯要殺的是自己的母親，所以在各種傳聞故事裡，有時只暗示或者乾脆明白表示他下不了手，不敢犯此滔天大罪，然而在大部分的文學作品裡，奧瑞士提斯在殺死母親爲父報仇後，卽被良心譴責，而四處爲復仇女神所追逐，一直到阿波羅出面調停，始平息糾紛。在這著名的審判中，奧瑞士提斯的弒母行爲經由動機與目的的追溯以及詮釋過程，最後才得以解除其內心的罪惡感，使其不再人格分裂。

亞里斯多德在《詮釋論》(*Peri hermeneias*) 裡，將詮釋活動界定爲心靈力求宣稱、表達的活動，與事之眞僞判斷有關，換言之，詮釋是知識與理智的發揮，藉此形成眞正的判斷，他說詮釋是「有關眞僞的言詞」(17 a 2)，而且可進一步透過此種言詞來打動聽衆。雖然亞里斯多德認爲詮釋是理智的表達活動，其實他強調詮釋與判斷的關係，這已儼然將詮釋學當作是詩學與修辭學的中介，此種作法對里柯從隱喩及其重新詮釋現實的功能，以連繫詮釋學與敍事論，有相當大的啓示。同時，亞里斯多德的觀點也與古典劇作（如《奧瑞士提斯》、《伊底帕斯王》）相得益彰，彼此交互闡明詮釋與判斷的心路歷程。

西洋文學與文化的另一個傳統——《聖經》，尤其是新約，俟其一被引入西方後，詮釋學更是澎湃發展。由於新、舊約彼此指涉，單就文字表面意義的斷定便極不容易，再加上歷史上各種族、教派、地區及權宜，或由聖徒、神蹟的彰顯特殊宗教意義，神的意旨遂變成了詮釋上的最大問題。舉凡版本、流傳、正典（canon)、領受(reception) 與字句的訓詁、考證都是莫衷一是的大學問，其繁複的程度可以與兩漢經學以及宋明理學相比美。因此，中古神學的一大重點便是聖經解釋（exegesis），從字義（literal）、喻義（allegorical）、道德實踐義（moral）及究竟歷史義（anagogical）都有具體而微的闡釋。例如耶穌分麵包的故事，愈分愈多似乎永無窮盡，這個神蹟可以詮釋爲眞有其事，並將其加以擴大，進一步解說麵包的含意是耶穌分出他自己的精神食糧（教諭）使教徒從心靈深處，得到法喜充滿而不至於感到飢餓或匱乏。分麵包的形式同時也演變成聖餐的儀式。再往上推，每位教徒在得到麵包、聽了教諭，且吃了耶穌的麵包之後，即在人格、道德、心靈及行爲上皆有了改變，於是造就出新生的品格以及脫胎換骨後的宗教實踐，從此以後，信徒可以到處散播法喜與福音，開創人類整體的歷史，引發更廣泛的信仰及重生，等待世界末日最後審判時的賞罰。

最早的聖經詮釋是透過使徒與先知，中古的四層詮釋學則奠定較客觀的標準，後來，馬丁路德（Martin Luther）改革宗教，反對神祕、專斷及個人主觀的詮釋法，並進而發展出十八世紀的批判歷史方法，爲西方神學與詮釋學帶來空前未有的爭論。史萊爾馬赫（Wilhem Friedrich Schleiermacher）則適時在這個充滿衝突的階段，提出他的神學及詮釋學，而成爲現代詮釋學的大宗師。

二、從史萊爾馬赫到伽達瑪

(一)史萊爾馬赫

史萊爾馬赫將詮釋學界定為瞭解之科學或藝術，他不滿足當時的語言訓詁學問，因而倡導「普遍詮釋學」(allegemeine hermeneuti)，提出放諸四海皆準的一般規則，而不再拘泥細部支節。史萊爾馬赫的「普遍詮釋學」是一種語言瞭解科學，亦即是透過語言的法則、表達特徵及心意，以瞭解作者本意的科學。由於他一方面強調詮釋學的科學性及客觀面向，儼然詮釋者的立場並不致於左右瞭解，然而在另一方面，他卻標明心理共鳴此一主觀變數，因此他的理論難免在主、客之間，語言法則與同情契入此兩種活動中，產生無法自圓其說的矛盾。然而，史萊爾馬赫卻是第一個將詮釋學視作是有關瞭解的活動對於本身的條件及原理所發展出來的自我省察與研究，因此之故，詮釋學不再只是對單篇文字或神人的行為作直言或影射之類的解釋，同時也不再斤斤計較文字訓詁，反而是瞭解人文藝術、行動、寫作活動的一門學問，並就瞭解與解釋的行為做深入的分析及反省。

史萊爾馬赫的著作大多是屬於神學的範疇，詮釋學是他在1805年左右陸續發展出來的一大課題。在1805至1806年間，他和兩位文字訓詁學者亞斯特 (Friedrich Ast)

與吳爾夫 (Friedrich August Wolf) 論及詮釋的標準，並先後訂下了一些法則， 其中著名的一條「公理」是:「在詮釋之中，得超越自我的心靈框架而邁入作者的心靈之中。」(手稿42) 在 1809 到 1810 年間，他又進一步演繹一些原則。事實上，這些同情契入與熟悉語言的規則，在他更早期的神學著作之中已有跡可尋，在1799年，他已強調人與神之間的關係是一種活生生、具行動而又有感情的依恃，而不僅是靠某種理性的概念。

史萊爾馬赫在1819年再作整理，這篇詮釋學講授綱要是他最爲後人所熟悉的著作，也奠定了他在現代詮釋學開山祖師的地位。儘管如此，他仍不斷有著述補充，並以一連串的講學及演講來闡明他心目中的詮釋學。這些詮釋學講稿及手稿， 由金摩爾 (Heinz Kimmerle) 編輯，直到1977年始有完整的英譯，史萊爾馬赫的詮釋學思想才在英語世界中得到較全盤的瞭解。我們下面試以這些手稿爲準，簡單勾勒出史萊爾馬赫的詮釋學。

首先，史萊爾馬赫區分「講述」與「瞭解」，「講述」或「訴說」是面對面的言語交談，以姿態、腔調、氣氛等促進彼此的溝通；而「瞭解」或「詮釋」則勢必是針對已經被說過的文字，並掌握其意義，因此得把重點放在客觀的實體: 文字上。也由於這種區分，詮釋學才變得客觀，有其獨立的地位。詮釋學不但是「瞭解的藝術」，同時也是「聆聽的藝術」， 是聆聽不在場而已變成書面文字的作者意圖，是一種重新組構的過程。在此過程中，我們大致需依賴兩大活動來達成瞭解，其中之一是「文法」的客觀掌握，另一個則是「心理」的契入，亦即是與作者的心靈生命及其世界產生共鳴。換言之，詮釋不只是解釋、訴說他人的意義而已，並且需重溫作品之中作者的心靈過程及其意境，重新體會其意味，並成爲作者的知音。然而，由於這種語言與心靈之間的矛盾，史萊爾馬赫陷入了心靈契入說及心理主義的困境。

史萊爾馬赫最重要的貢獻是提出「詮釋循環」(the hermeneutical circle) 的見解。由於人們在詮釋某一作品之前，大都先有個全盤的看法，而這個全盤的看法，又和人們所領略到的作品每一部分及其支節彼此呼應，全盤與部分的概念性理解與具體印證遂形成一種循環的關係，透過全盤的理解導入部分的意義，而部分所提供的資訊、線索，又加強了對全盤的看法。好比一句中的每個字道出全句的意義，而全句的整個意義則是其中每個字所表達出的全部。這種全盤與部分之間的相互呼應及辯證關係即是詮釋循環。此概念看來似乎是荒謬而多餘的，然而在詮釋學中卻是一個重要的關鍵，史萊爾馬赫提出此一概念，即是爲主觀或心靈契入的直觀活動保留餘地，因爲人們在瞭解事物的過程中，總是習慣以比較的方法，將新認識的與原本熟悉的一起並列，並就對象的部分與其細節詳加考量，然而在比較與細品之時，則有賴突如其來的全盤理解與智的直觀 (intuition)，如有神助般地獲致全面性的瞭解，亦彷彿在刹那之間豁然頓悟。當然，全盤並不一定就比部分的理解和比較來得優越，而是彼此呼應、彰顯，此種全盤性的瞭解與在中國先秦諸子的著作裡，例如莊子在〈齊物論〉中所提出的「得之環中」即相當類似，莊子也說「勿聽之以氣，聽之以心」，而劉勰在《文心雕龍》〈知音〉篇裡更將此種知心的見解發揮得淋漓盡致，他說：「夫綴文者情動而辭發，觀文者披文以入情，沿波討源，雖幽必顯」，亦主張追溯與重新體驗作者的意境，而且是以文字為媒介，透過學養（「博觀」）及直覺（「圓照」）來掌握作品的情境（「披文以入情」）。

史萊爾馬赫在1819年的講授大綱中，明白指出兩種詮釋方式，一種是「技術」的文法詮釋，是按照語文的客觀通則來掌握語言的客觀意義，另一種則是「心理」的詮釋，對作者的思想作主觀的契入，並瞭解作者的個性及其創意。語文或文法詮釋是對文字及部分意義的理解，基本上不大會弄錯，只要讀者熟悉語言規則及作者的風格，並對傳統及作者的文體成規非常清楚，便可獲得放諸四海而皆準的一致看法。比較具創意及積極意義是在心理契入這層詮釋面，史萊爾馬赫主張以作者的思想脈絡、背景及其特殊的個性作為心靈契入或共鳴的條件。因此，一方面針對篇章的句子、結構以及章節之間的連貫性以建立語文的客觀理解，另一方面則深入作者的內心及其性格、環境以瞭解其涵意。劉勰在〈知音〉篇標出「六觀」，從體裁安排（「位體」）、措辭的布局（「置辭」）、繼承與創新（「通變」）、正與異常的表達（「奇正」）、用典出處與意義（「事義」）到聲調節奏的變化（「宮商」），也想從風格學去確立詮釋學的標準，然後以此種標準來達成進一步的知音與共鳴，由語文為準的方法，邁入以主體為中心的詮釋學。此種詮釋雖未免有主觀或心靈契入的問題，然而史萊爾馬赫是以文體、風格為準，想將客觀觀察所得加以綜合、超越，並建立更加系統化卻又兼具人文精神的科學。

在1819年的講授大綱裡，史萊爾馬赫說:

> 作者年代的語言詞彙及歷史構成了吾人瞭解他的全盤脈絡，作品是在這種全盤的脈絡下被我們所理解，而作品是整體的一部分，它被理解的過程則是以逆向的順序達成。(113)

這種部分與整體的循環關係，是所有「完整的知識」必備的過程，同時也是科學之所以為科學必須自我理解的條件。史萊爾馬赫進一步說:

> 我們想體會作者的意境與地位，就必須透過此種全盤與部分的關係來達成。我們瞭解作者的程度愈高，便愈能對其作品作詮釋。然而，這並不意謂作品立即可以被理解，而是每一回當我們重新讀此作品時，便會發現愈來愈能體會其中深意，並增長了前所未有的知識。唯有碰到一些不大有什意義的作品時，我們才會一次便讀懂了，因此也沒有什麼新知識可產生。(113)

在這一段話裡，史萊爾馬赫一方面強調歷史與語文的客觀規則，然而另一方面卻表示作品無法以客觀的標準來詮釋，而是隨著閱讀經驗及讀者本身的成長過程而不斷地更新，因此在系統科學之上又有了一種強調重溫或重新回味並藉以溫故知新的人文科學。此種既客觀卻又主觀的困境得等待史萊爾馬赫的傳記撰寫者狄爾泰來解決。

㈡狄爾泰 (1833——1911)

史萊爾馬赫於 1834 年逝世，在他去世後，亨伯特 (Karl Wilhelm von Humboldt)、朗克 (Leopold von Ranke)、德洛伊生 (S. G. Droysen) 等均繼續發展詮釋學理論，對語言訓詁、歷史，及法律詮釋，紛紛就主、客觀的問題，提出個人見解；不過，他們大多只對某一學科的詮釋問題深入探討，而不像狄爾泰這位大哲學家兼文學史家那麼關心整個人文（精神）科學（Geisteswissenschaften），亦即是人文社會學科與詮釋學的關係。狄爾泰繼承了史萊爾馬赫的普遍詮釋學，並進一步提出「內在生命表達方式」的客觀詮釋學，將人文科學與自然科學加以區分，顯示出人文科學以人爲本，並隨著人的教養、成長以及文化社會的發展而不斷承先啓後的「溫習」過程。他對於實證主義及自然科學的方法常被運用到有關人的研究方面頗不以爲然。在他的觀點裡，具體、富有歷史性與生命過程的經驗才是人文科學所要研究的出發點，而不能將人類的美感、文化經驗視爲是可以在實驗室中一再被實證的，且不會因時因人而產生變化的客觀對象。

狄爾泰認爲所有的思想應以人生爲起點，而且思想也應朝向人類的生活，回到人生本身。他對當時所盛行的實證與實在主義皆不滿意，同時他也想糾正歷史主義與心理主義的缺失，並針砭學者將歷史資料視爲是最客觀而與目前活生生的世人毫無關係的材料或檔案。對他而言，心靈主觀主義則是另一種極端，將自我擺在第一優先，以至於忽略了文化傳承及社會實體的歷史層面。爲了要讓世人能確切研究人類，並發展出人生哲學，他提出人文科學的概念，擺脫自然科學的減縮與機械法則，將焦點置於人在社會及藝術領域中的經驗如何被瞭解與詮釋上。在認識論的範疇裡，狄爾泰認爲哲學不只是如康德所設定的「純粹理性批判」，而是自我詮釋的活動，是一種「歷史理性的批判」(*Gecammelte Schriften* 第五册，xxi)。❶ 換言之，是研究吾人如何變成今日此種處境的自我省察，此種學問是研究人與歷史的基本科學，是出發點而非是最終的科學，同時是對自我的反省與批判 (critique)，而非將人或歷史當作對象去加以批評，而是以人生爲準的思考邏輯來描述、體會心靈與文化的作用，因此並不是心理主義。此種學問的用意是想透過歷史以瞭解自我，並加深吾人的歷史意識，且瞭解人生所發展出來的各種表達方式，它是一種人文科學，亦是一種文化科學。

想要研究人及人類所發展出的表達與文化必須以歷史方法來探討其意義，而不是以數學去估量或者用其他自然

❶ 見 Richard E. Palmer, *Hermeneutics: Interpretation Theory in Schleiermacher, Dilthey, Heidegger, and Gadamer* (Evanston: Northwestern UP, 1969) 101. 本文主要依據 Palmer 的論點，並參考其他著作，如 Kurt Mueller-Vollmer, ed., *The Hermeneutics Reader* (New York: Continuum, 1989) 1～53. 這本書選錄許多重要文章，同時書目頗具價值，文中探討史萊爾馬赫，均根據 F. D. E. Schleiermacher, *Hermeneutics: The Handwritten Manuscripts,* ed. Heinz Kimmerle (Missoula: Scholars, 1977).

科學的方法來分析其動力。人文科學因此把意義（而不是數量、力量的安排及其結構）視作爲研究重心。事實上，現象之所以值得在人文科學中加以探討，是因爲它們對人的內在生命過程，亦卽是人的「內在經驗」具有特殊意義，換言之，只憑藉觀察、分析自然現象的學問（自然科學）並不足以用來研究人文現象，所以必須依賴人文科學來彌補自然科學的方法，嘗試以移情契入的溫故知新方式，來瞭解另一個人的內在經驗。自然科學主要是「解釋」現象，而人文科學則是「瞭解」與「眞正的共鳴」：將另一個人的生命經驗帶入自己的心靈之中產生類似的震撼，進而打動吾人經驗的最深處，卽從接觸到另一個生命，而發現了本身更加完整的內在世界及情境。此種共鳴是對他人的心靈世界作重新組構與再體驗的過程，然而此一溫故知新的再體驗並不只是對他人感到興趣，或投入其世界而已，且是將他人所推出的內在道德與心靈世界視爲是一個社會與歷史的世界，卽由吾人本身所引起的感觸及反應，來分享其心靈世界及此一世界所激發的共通美感，然後進一步體會到歷史及文化所賦予的共同體感受（commual sense）。

狄爾泰的人文詮釋學因此把重點放在人生經驗、表達及瞭解的過程上，並對藝術將人生經驗加以客觀化，使人得以一再體驗與瞭解的過程大作文章。對他而言，概念或行動不是太過抽象，便是僅具有某一時間性的目的或效用而已，唯有藝術表達是人生內在經驗所自然流露出來的生命見證，在創作者將其意境表達出來之後，此意境及其世界於是就變成固定、可見而且永恒的藝術品，且脫離了作者，而進入了歷史與讀者的生命之中，成爲詮釋學所要理解的對象。詮釋學即是要來瞭解藝術品如何發覺、表達人生，而不僅是想去理解藝術家的生平、創作目的，以及意圖而已。透過此種客觀的重溫、重新體驗，吾人對此一經驗所展示的社會與歷史現實於是有所瞭解，也對人在歷史之中不斷透過經驗、表達及瞭解所構成的歷史性（historicality）得以有深入的體悟。狄爾泰的「歷史性」構念指出人應在歷史之中認識自我，可從以往的生命經驗裡，獲得有關自我的啓示，同時人也在歷史發展過程中，形成新的生命經驗，以採取新的行動、表達方式、作新的決定，並創造新的歷史局面。歷史性一方面是過去的生命經驗及其傳承，另一方面則任吾人自由發揮，以達成自知之明，進而開拓未來的歷史意識。在我們討論到里柯的敍事理論時，尤其是敍事體與歷史性的關連，即可看出里柯是如何深受狄爾泰的影響。

狄爾泰繼承了史萊爾馬赫有關詮釋循環與瞭解的說法，且更進一步將全盤與部分的關係落實到人生上，在人的生命過程裡，由於境遇的改變，某些部分或先前有過的經驗便會增添其意義，或者變得毫無意義。而這些片面的經驗也往往在生命全盤改變的程序中提供一些線索，以導致某種意義的發現。例如英國詩人丁尼生（Alfred Tennyson）即將自身的戀愛經驗加以發揮而寫出〈洛克斯麗廳堂〉（"Locksley Hall"），文中對拋棄主人翁的女主角大加撻伐與嘲諷。當詩人還是年輕浪漫時，他認爲女主角不念舊情而選擇財勢較穩固雄厚的男士當丈夫是一種墮落。愛、激情、熱心改革、安貧樂道、四處漂泊等等的浪漫行徑是年輕詩人心目中最具有意義的，因此女主角離他而去不啻是告別青春，而投入世故、呆板的生活，終會變成一個無聊瑣碎的家庭主婦。然而在三十年後，失意的詩人回到了故地，卻發現伊人已兒女成群，生活安定而且婚姻美滿，反觀自己當初被熱情驅使四處爲家，迄今尙一事無成，他不禁慶幸自己當初並未耽誤別人的幸福。此時，浪漫已不再具有深刻的意義了，而只是徒然殘害自己的生命，並使自己感到幼稚膚淺罷了。三十年前，浪漫與飄泊的生活是年輕的詩人，在情場失意之時，認爲是最爲寶貴的人生經驗，卽人在喪失其熱情之後也就沒有存在的目標與意義了。然而，三十年後，他的觀感完全改變了，冷嘲熱諷的習性已隨著新的人生經驗轉變成對自我的反省，體悟到浪漫的代價過高，同時也對自己的過去如何造就成今日的自我有了新的看法，因此對於未來也有了全新的安排。丁尼生的這首詩不僅敍述一個失戀者的生命經驗，同時也以詩的形式，對浪漫主義(Romanticism)作十分沈痛的批評。身處於十九世紀後半葉，他與同時代的文學家、藝術家一方面深受浪漫主義的影響，另一方面則又接觸到資本主義社會的殘酷現實，因而對崇尙個人感受以及創意的浪漫主義可說是旣愛又恨，由於浪漫主義往往使得詩人與社會格格不入而淪爲異類。他的〈洛克斯麗廳堂30年後〉不僅是將人的內在經驗加以客觀化，並將之表達爲藝術品，更是針對歷史處境與維多利亞時代之何以大異於浪漫時期，卽是以片斷的人生經驗來鋪寫全盤的歷史及其意義變化。

狄爾泰側重於人生哲學和人生經驗的結果，在他的詮釋學裡標示人文科學的方法論，並提出了藝術作品與人生內在經驗的關係，使得藝術作品脫離作者，成爲固定、永恒而客觀的作品，並進入歷史之中發揮人生內在經驗的歷史面向。如此導致詮釋者的自我理解，知道自已在過去與未來之間，是如何變成現在的這個我，同時也對未來有所選擇。在溫故知新、重新組構與體驗他人人生經驗的片刻裡，詮釋者已和作者處於類似的地位，皆在從事創造性活動。狄爾泰所論及的歷史性及自我瞭解的看法在海德格與伽達瑪的詮釋學裡均有更進一步的發展，他可謂是第一位提出自我瞭解和歷史性的現代詮釋學者。

㈢海德格 (1889——1976)

在現代哲學家中，對於文學批評及文化研究最具有影響力的大概要屬尼采和海德格了。尼采的「權力意志」說，強調詮釋學是一種意義取代的掠奪活動，將原意及作者視作是後人發展歧出義的起點而非是終點。此種理論在德希達的解構批評中有更進一步的發揮。而海德格對於傳統哲學的批駁和瓦解，更是賦予解構批評以靈感。不過，在詮釋學方面，海德格的傳人伽達瑪則認爲海德格其實是道出歷史與人之存在的關係，尤其著重於人對人之存在情境及其時間性 (temporality)，針對時間、存在、歷史性 (historicality) 作深入的思索，因此海德格只是對先入爲主的「成見」(prejudice)，以及傳統所加諸於人之存在身上的「先有」條件，提出較激進的質疑，並將重點放在人之存在的問題上，透過時間性來瞭解人之存在的地

位，而並非眞的想要瓦解西洋形而上學的傳統或質疑任何既有的體制。❷

海德格是現象學大師胡塞爾的學生，他將《存有與時間》獻給其師胡塞爾，然而，海德格實際上對胡塞爾的現象學方法作了極大幅度的修正，他受尼采及狄爾泰的影響反而更大。因此，我們可以說，他是以胡塞爾的方法來進行狄爾泰與尼采尙未完成的哲學計畫：詮釋學的計畫，尤其是有關人之存在的詮釋學計畫。胡塞爾從來不曾用到詮釋學的字眼，來和自己的現象學著述作任何關連，而海德格在《存有與時間》裡，即明白表示這本書是「人之存在的詮釋學」。海德格重要的研究課題是西方形上學如何掩蓋了存有，而人類的存在如何在時間、歷史上形成其立足點，如何解釋其存在意義？他與胡塞爾最大的差別是：他認爲純粹意識或對象物之客觀性並不能成立，因此吾人對事物的瞭解無法以固定而超驗的方式來達成，認知與理解反而是在歷史中形成，是透過我與對象物接觸的經驗及其時間面向所累積而成的。換言之，人之存在從一開始便已是「在世間的存在」(being-in-the-world)，有其歷史性、時間性，無法抽離其歷史經驗而達成瞭解。這種無形卻一直存在的「在世間的存在」是詮釋活動之前的先決條件 (prior having)，而這種先決的歷史條件及其所產

❷ Hubert L. Dreyfus, "Heidegger's Hermenutic Realism," *The Interpretive Turn: Philosophy, Science, Culture* (Ithaca: Cornell UP, 1991) 25~41, 及由他與Harrison Hall 主編的 *Heidegger: A Critical Reader* (Oxford: Blackwell,1992).

生的先入爲主的態度、知識便構成了詮釋者的「成見」(prejudice)。

由於海德格側重於人之存在及其時間性，他對「瞭解」(understanding, verstehen) 有不同凡響的見解。瞭解卽是依自己存在的生命世界此一脈絡，來掌握自己存在的種種可能性，所以並不只是去重新體會別人的意義，或與之產生共鳴，而是開展自我眞實存在的一個起點，是人在這個世界上的基本活動，然而卻常被他人 (they) 或一些不眞實的念頭及行動（如閒談、對他人好奇、喜好名利、不敢面對自己等）所掩蓋。因此之故，瞭解是所有詮釋活動的基礎，是從自己的存在出發，然後與他人共同生存而齊頭並進的活動，是在本體上最爲根本的存在事實，是一種「先有」的存在，同時也具有邁向未來與計畫未來行動的特色。然而，瞭解並非僅針對個人的處境加以理解而已，瞭解乃是就個人在世間的存在，以這種經驗當做瞭解的識域水平 (horizon)，來揭示自我存在的具體可能性，並開拓種種可能以實現其「存在性」(existenzialität)。

依海德格的看法，瞭解不單只是看到物或對象，還得更進一步發現對象所蘊含、隱藏的意義，是在表面的實用價值之下所無法找到的。以他在《存有與時間》的例子來說，鐵錘是用來敲釘子的工具，它的用途是十分明顯的，可是當我們用一根鐵錘敲釘、打牆壁時，這一根鐵錘和其他所有的鐵錘並沒有兩樣，全只有一種用途而已。但是，假使我們用力一敲，鐵錘斷了，它便喪失了原來該有的用途，突然之間，我們不再視它只是個工具而已，反而在那一剎那間，我們始發現了鐵錘的原來面目，注意到它的眞正樣子，對於許多事物我們常常只往用途方面想，因而從未注意到其本來面目。藝術及禪宗的公案或者是突如其來的直覺才能夠達成還物本來面目，及展露存在可能的眞正瞭解，這也就是爲何海德格會對詩、日本禪學，以及宗教犧牲禮儀深感興趣的原因。❸

在瞭解的活動中，人之存在所具足的時間性與歷史性一直是要素，並透過語言來表達存在的處境，詮釋因此是一種語言的活動，人的存在在本體論上即是不斷追求意義、文字以及詮釋的過程。「語言是存在的住宅」這是海德格的名言，也是他的詮釋學特別之處，因爲在他的思想中，語言成爲是人的生存基本條件及可能性，藉由語言可表達出個人在與世界的種種關連之中所展現的意義。而由於人的存在有其時間及歷史處境，人的詮釋活動遂不可能沒有一些預設或由既有的生命處境所賦予的成見。事實上，成見構成了詮釋的預先結構，此點是海德格的存在主義詮釋學較爲側重個人主體性之處。後來，伽達瑪將此一概念延伸爲效應歷史意識（effective historical consciousness），變成是歷史與傳統對於個人所造成的文化累積作用。然而，在海德格的詮釋學中，此種瞭解的預先結構是主體面對世界當下所意會到的存在處境。因此之故，海德格是以個人主體爲主，同時亦有神祕主義的傾向。哈伯瑪斯曾就此點批判海德格，認爲海德格本身無法從社會文化中尋找到溝通及共識的基礎，因此才會向納粹主義靠攏。

❸ Heidegger, *On the Way to Language,* trans. Peter D. Hertz (New York: Harper, 1971), 便以日本人與作者對話的方式，探索東、西方透過禪會通的可能及困難。

哈伯瑪斯的這個看法也並非沒有道理。❹

海德格將語言視作是存在的基本架構及住所，語言儼然如蝸牛殼對蝸牛的分量一般，整個將人之存在含納，同時也使得人能透過語言達成理解。此點在他晚期的作品中仍不斷強調，不過重點卻移轉到對科技及縮減式的思考，他批判科技所造成的壟斷及籠統，以至於掩蓋了事物的本來面目及其存在的可能性。同時，他也對藝術的揭示作用大加讚揚，偉大的藝術品傳達出神聖的訊息，可導致新意境、新世界的創生，透過美，眞理始頓然展現在讀者眼前，他舉詩人賀德林（Hoderlin）的作品爲例，在他的詩中，對宇宙的奧祕，事物的原本精神以及人之存在的整體面貌披露無遺，其詩可說與宗教的作用並無二致。藝術的本質不在其匠意，而全在於其揭示的功能，亦即是藝術開啓心扉，創造新意境的作用。在此種偉大的藝術裡，人之存在的語言性及瞭解本身的存在處境頓時呈現，使得我們更加明瞭自我存在的意義。此種近乎神祕主義的美學觀點，在他的學生伽達瑪身上則變得較爲合理化，同時也與傳統的文化薰陶和教養功能連繫在一起，可說是將海德格詩的火苗加以茁壯並落實到美育之中。

(四)伽達瑪（1900——　）

伽達瑪將現代詮釋作了總整理，並提出「哲學詮釋學」，將康德的美學與狄爾泰的人文科學融合在一起，且以

❹ Habermas, *The Philosophical Discourse of Modernity* 131~60, 155~60，便批評海德格的神祕傾向及其納粹成分。

海德格的存在詮釋學所強調的語言處境與歷史性等概念來滙通，進而主張效應歷史意識，以拓展傳統與個人透過文本的對話。除了他的經典之作《眞相與方法》(*Wahrheit und Methode,* 1960) 之外，伽達瑪尚有《哲學詮釋學》及討論柏拉圖辯證法與藝術的著作，❺尤其是他和哈伯瑪斯（1929 —— ）有關詮釋學的論辯是瞭解他的詮釋學的一個重點。

在伽達瑪之前，詮釋學始終對其本身的方法論及其客觀標準耿耿於懷，海德格確是想將詮釋學與存在的自我瞭解劃上等號，然而，仍是以神祕的揭示爲準則，且仍對於存在的眞相、生命的眞理有所憧憬，企圖以存在的詮釋學來達成瞭解。伽達瑪則完全拋棄了詮釋學是一種方法論，藉以回歸事情眞相、作者原意的歷史主義觀點。因此，不僅方法的客觀性受到質疑，而且將詮釋學變成是一種「懷疑詮釋學」(hermeneutics of suspicion)，不斷自問：我眞的能夠懂嗎？什麼是我目前詮釋觀點的歷史性？我的存在到底與詮釋的活動產生了何種關連？我如何能夠參與已經存在的文化、歷史意識而不被完全左右？由於此種質疑詮釋學，一般的詮釋方法、法則都已顯得不再重要。現在的問題變成是：瞭解如何可能？瞭解與我在世上的經驗及歷史感有何關係？而不再是如何去克服自我的經驗與偏

❺ Gadamer, *Dialogue and Dialectic: Eight Hermeneutical Studies on Plato,* trans. P. Christopher Smith (New Haven: Yale UP, 1980); *Philosophical Hermeneutics,* trans. David E. Linge (Berkeley: U of California P, 1976).

見，以達到客觀的理解，如作者本人一樣去閱讀他自己的作品。換言之，瞭解及其詮釋循環乃是人類經驗 —— 探索意義的基本條件。這個主題和海德格的看法並無二致，同時亦受到狄爾泰等人的啓廸，然而，伽達瑪是以柏拉圖的辯證對話方法，結合了康德的美學與席勒 (Schiller) 的美育觀念，來拓展海德格的存在詮釋學，想將之與歷史傳統融合，使個人的存在可以沈浸在大道統裡，從中不但獲得了自我瞭解，同時也將自我抹除。使小我成爲大我的一部分，以充分理解到傳統及透過傳統的效應歷史意識所塑造出的自我其來有自。因此，在海德格的存在詮釋學中，自我瞭解是人之存在的生命極致，是相當個人化、神祕主義式的活動或是就存在本體的自我了解尋求開示，而對伽達瑪而言，自我瞭解是滙小川於大海，培育文化與歷史意識，擴充自我，並進一步拓展自我，以便參與大傳統的教養過程。以伽達瑪所喜歡用的一個比喻來說，在藝術與文化傳統之中，我們的感覺是「回家」而不是「離家」，有如魚之得水相忘於江湖的感受。換言之，在欣賞藝術作品時，個人的經驗、成見往往會受到作品的挑戰與質疑，因此在此受教化的過程中，自我得以拋棄原有的成見，拓大胸襟接納他人（文化、美育），由出神到入化，即如伽達瑪所謂的識域滙合 (fusion of horizons)，達到人我融會貫通的意境。

由於此種美學與歷史意識觀構成了伽達瑪的哲學詮釋學的核心，他在《眞相與方法》一書裡區分三部分，以美學爲第一部分來談透過他人，忘卻自我，進而擴大自我的教養過程；其次，他以語言做爲存在的基本條件，並且以歷史意識來闡揚傳統與個人的對話以及參與關係。在其理論裡,「遊戲」(play)是一個重要的概念,藝術一方面是無所謂而且是無所爲而爲的自由戲耍,另一方面,藝術則是以其複雜的結構及規則,與欣賞者一起玩遊戲,然而要入戲、入神,必須得先懂遊戲規則,才能愈玩愈起勁,就如同下棋一般,由熟悉規則而進入一起參與,享受彼此參證的樂趣。因此,並非是人在玩藝術,而是「藝術在玩人」。❻ 此種玩遊戲的美育、規則及傳統觀,同時也是一種形而上的條件,就像下棋需有棋盤和規則一樣,藝術以及人對藝術與存在經驗的詮釋也得透過語言,因而語言成了「詮釋學本體論的識域」,是吾人對世界經驗的表達媒介及思考結構。對於語言做爲存在本體的基本結構,以及瞭解的歷史性是詮釋原則的先決條件等見解,伽達瑪其實是繼承了海德格的論點,而且加以發揚光大,但是他有關「遊戲」及其規則的認定卻顯然與海德格的詮釋學有些出入,同時也遭到哈伯瑪斯等人的批評,而伽達瑪與其對手的論辯在某種程度上可說是里柯的詮釋學的出發點。

伽達瑪和主張詮釋有其客觀標準的學者如貝第(Emilio Betti)或賀許(E. D. Hirsch, Jr.),在理念與方法論方面皆有衝突,❼賀許在《詮釋的確效性》書中及附錄裡,便針對伽達瑪的效應歷史意識加以批評,認爲那是一種變相的主觀主義,扭曲了歷史和作者的原本意義。賀許區分「原意」(meaning)與「現代義」(significance),

---

❻ Gadamer, *Truth and Method*, 2nd rev. ed., trans. Joel Weinsheimer and Donald G. Marshall (New York: Crossroad, 1989) 104.

認爲我們不能將作品對現代人的啓示與作品在作者心目中的意義混爲一談。換言之，人是會改變的，社會現實、生命情境、世界觀不斷地演進，作品自然有其效應或歷史效果，同時也對現代人的存在有其深刻意義；然而作品與作者的意圖是不變的，只要我們熟悉作品的內在結構及規則（如語言、風格、文類、主題的成規等），並且掌握到作者的創作意圖及其歷史脈絡，便能夠儘可能接近作者的原意，達到相當的客觀性，不會因人或時代而影響到詮釋的有效性。

賀許雖然希望能達到客觀，不過，他只用了「貼近原義」(approximation)的字眼來描寫詮釋的成果。而且，他對於各種詮釋之間的矛盾也無法有圓滿的解決之道。儘管他提出以作品（文本）及歷史脈絡做爲客觀批評的標準，基本上他是運用新批評（new criticism）及歷史主義（Historicism）的方法，並不涉及其他的批評理論，因此對於詮釋方法的社群自我鞏固與排他性，或對於文學研究將邁向新批評的社會，以及歷史變化過程，均無深入討論。對他而言，詮釋學是提供客觀標準的作品解析方法，

❼ Emilio Betti, *Allegemeine Auslegungslehre als Methodik der Geisteswissenschaften* (Tubingen: Mohr, 1967); E.D. Hirsch, Jr., *The Aims of Interpretation* (Chicago: U of Chicago P, 1978)，尤其他早期的*Validity in Interpretation* (New Haven: Yale UP, 1967). 有關這種爭辯，見 David C. Hoy, *The Critical Circle: Literature, History, and, Philosophical Hermeneutics* (Berkeley: U of California P, 1978)，第一章，對 Hirsch 等人嚴加駁斥。

是用來理解作者原意，即如作者本人一般來閱讀作品的活動。作品與讀者到底構成何種關係？是否讀者可能比作者更明白其作品？甚至作者本身在閱讀自己的作品時是否也已變成是讀者？因此不可能在每一次閱讀時，都得到相同的閱讀印象，甚至於在閱讀之中，會不斷修正原意，並提出兩、三種版本來呈現內心所無法決定的宗旨或意義？

賀許對伽達瑪最大的誤解是將伽達瑪視作爲詮釋方法論的學者，因此認爲伽達瑪有主觀主義及相對主義的傾向，使不同的詮釋者隨著歷史與生命經驗的改變，對於同一作品有不一樣的看法，以至於到最後莫衷一是。事實上，伽達瑪是想以普遍詮釋學來反省歷史意義之所以會演變成爲當前此種情境的原因，因此重點是在語言及歷史性，而且是針對人的經驗與歷史傳達所構成的詮釋循環作深入的探討。伽達瑪的理論是「哲學詮釋學」，而非「歷史詮釋學」。在另一方面，比較具有交集與共識的詮釋學論辯，則是伽達瑪與哈伯瑪斯有關「傳統」與「意識形態批判」(critique of ideology)。

㈤伽達瑪與哈伯瑪斯的詮釋學論戰

哈伯瑪斯是當今德國批判理論及社會哲學的代言人，他繼承了阿德諾 (Theodor Adorno) 及霍凱默 (Max Horkheimer)，針對工具理性與文化工業以金錢、權力的體系來腐蝕人的生活世界，將溝通與互動的空間化爲算計與支配他人的領域，使得彼此間的共識和對話變得不再可能的社會、文化現象，以及由於此種病態行爲所導致的文化認同問題，傳統定位危機與社會普遍的道德冷漠感，提出「溝通行動」(communicative action) 的理念，希望透過溝通與共識的達成過程，來建立公共領域與生命世界之間的橋樑。對哈伯瑪斯來說，伽達瑪的詮釋學顯得十分保守、傳統，缺乏意識形態批判的作用，大體上是沿襲傳統，而無法發揮去除沈澱的作用，也無法反省傳統的弊端而力求變通、更新老舊的想法，不再只是以「去蕪存精」的方式來溫故知新。而哈伯瑪斯是要將傳統之中受壓抑、未完成的計畫重新提出，加以擴充、闡揚，並對歷史效應提出批判。

哈伯瑪斯在幾篇著作裡，皆對伽達瑪的詮釋學提出批評，最主要的是哈伯瑪斯的書評（針對《眞相與方法》）與另一篇探討詮釋學的普遍性問題（後來被收入伽達瑪七十歲祝壽文集中）。❽ 在其書評裡，哈伯瑪斯拿維根斯坦 (Ludwig Wittgenstein) 與伽達瑪相互參照比較，說維根斯坦將語言遊戲規則（如文法）看成是基本法則，因此一個人社會化的過程是語言的理解活動，就如同他在生活中受到文化形式的陶冶，日積月累自然而然地吸收所有的文法，這些規則於是成爲生命的旣定形式，人方能與他人溝通，同時也透過這些文法規則來學習、精通外國語文。伽達瑪不

❽ Habermas, "A Review of Gadamer's Truth and Method," *Hermeneutic and Modern Philosophy*, ed. Brice R. Wachterhauser (Albany: State U of New York P, 1986) 243～76; *Mueller-Vollmer* 294～319. 有關這一方面的討論，以 John Brenkman, *Culture and Domination* (Ithaca: Cornell UP, 1987) 26～56 爲最精詳而富啓發。

僅認爲人是在語言規則之中活動，而且還能出入其識域，打破固有的限制，使自己的識域水平（horizon）得以與他人的交融，進行更爲開放的交往與詮釋（因此不只是翻譯而已）。伽達瑪提出識域滙合的概念，就垂直的方式而言，克服了歷史的距離，另一方面則在水平面上與其他地理或文化的語言論述產生對話，以免彼此之間的鴻溝不斷擴大，並造成自我爲中心的弊病。大體來說，維根斯坦的語言分析是就超驗的法則及社會語言學作深入反省，而伽達瑪的詮釋學則更向前邁了一大步，把焦點放在歷史和歷史意識的自我反省上。在伽達瑪的詮釋學裡，傳統遂佔了極其重要的分量，儼然將各種現實中的超驗法則融貫爲統一而且具有絕對宰制的力量，使經驗在識域的歷史變化之中被此一客觀的力量所左右。此種具有絕對權威的傳統雖然使得社會與文化詮釋不致於分崩離析，卻使詮釋者的自我反省及歷史批判變得幾近不可能，這一點也正是伽達瑪的詮釋學的問題之所在。

哈伯瑪斯認爲社會行爲僅是由日常的語言溝通行爲所組成而已，若想在社會行動之上加一些社會機構，並以一個客觀且具權威的語言後設機構（Metalinguistic institution）（亦即傳統）來強調規範，如此一來語言便有可能成爲支配及宰制社會的工具，甚至於有時會淪爲爲虎作倀，替宰制權力者關係說項，變成是強加以合法化或合理化的剝削媒介。只要詮釋者不說破此種權力關係，並對合法化的架構及機制保持緘默或故作無知狀，他仍是運用了意識形態的語言，對於語言的欺瞞作用與沆瀣一氣的精神不加以反省，以至於自欺欺人，無法擺脫本身所依賴的情性傳統，進行意識形態的批判。哈伯瑪斯進一步指出，伽達瑪的詮釋學不但來自支配體系，而且還無視於社會與文化生活之中的物質實踐，如社會的勞動生產以及人類發展工具試圖以理性征服自然的活動，有關這些經濟與科學（或半科學）的現實活動絕非以語言意識或傳統象徵的意義傳遞方式所能掌握，詮釋學尤其無法處理勞動生產關係中階級與待遇方面的壓榨和剝削。基於這些觀點，哈伯瑪斯主張透過「語言、勞動與支配等三大要素所合併構成的客觀架構，去理解社會行動」（<書評>273），只有如此才不致於陷入一切唯有由語言來構成與決定的觀念論，而且可以更明白傳統和社會生活的錯綜複雜關係，以及對傳統之外的各種存在條件與實際的變遷有比較明確的概念。換言之，伽達瑪只有對「已發生、既定」的傳統感興趣，卻無睹於「正在發生中的新傳統」，而這種新傳統的發展不但涉及語言媒介同時也建立在實際的物質條件上，哈伯瑪斯則呼籲詮釋者應要實際一些，爲歷史哲學提供實際的目的，而不僅僅是與傳統對話，擴充文化教養而已。

爲了避免輕易而專斷地認定傳統，以便發揮社會變化及擺脫歷史限制的自由活動空間，哈伯瑪斯在另一篇文章中評及詮釋學的普遍性，並進一步提出深度詮釋學，希望藉著理性論述的規則，來找出在過去的溝通行動之中遭到糾擾或歪曲的歷史軌迹，然後將被扭曲的歷史片刻加以解救，重新完成其啓蒙過程。因此，哈伯瑪斯對伽達瑪的傳統、權威、理性等概念感到不滿，他認爲伽達瑪實際上是讓詮釋者畫地自囿，是在自己所屬的社會文化中找到傳統的理念以瞭解本身的限制而已。以此種方式對本身的限制作自我反省，便是伽達瑪所謂的詮釋自我批判的普遍性，但是哈伯瑪斯覺得這是種消極而且危險的作法，詮釋者除了瞭解自我的限制，承認傳統的權威之外，更應質疑傳統以達成批判的理解。

伽達瑪針對哈伯瑪斯的批評，曾提出答辯，❾說明自己所提倡的「詮釋反省」，(1)不僅包括對自我的理解，而且也是對世界的領會，因此必然會對學術及科學知識有所貢獻；(2)在自我反省的同時已經將歷史對個人所造成的影響效應作了瞭解與釐清的工作，所以並非是完全被動或消極地接受傳統，反而是一種重新定位的活動；(3)即使是在科學或社會學的詮釋中，詮釋的反省及瞭解自我的局限乃是必須的工作，正因爲現代科學在方法上完全將個人疏離，於是導致了社會分工及組織的機械化，使社會成員喪失其定位，所以詮釋反省特別有必要讓詮釋者明瞭自己的學科歷史和個人的位置，此種反省因此不只是針對一些實際的因素而已。伽達瑪的這些答辯顯得有點自我防衛的味道，後來哈伯瑪斯在其他的著作裡也一再持批判的態度，雖然其論點還是圍繞著傳統、權威、理性等要點，卻是從溝通行動、社會革新的角度去評論伽達瑪，如此不斷地表現出伽達瑪並未能說服他。當伽達瑪與哈伯瑪斯彼此爭論不休，在對詮釋者與社群認定此一主題上分道揚鑣的同時，里柯正在著手建構他的「懷疑詮釋學」(hermeneutics of suspicion)，試圖以解釋與瞭解兩個主軸，融合人文科學（如結構主義）與人文學科（如詮釋學）來解決傳

❾ *Mueller-Vollmer*, 274~92.

統與意識形態批判之間的論辯。

三、里柯的「懷疑詮釋學」

里柯有關詮釋的理論相當多，從對罪惡的象徵研究開始，可以說他的著作大部分均觸及詮釋學。爲了方便集中討論，我們只針對他那些直接冠上詮釋學的作品，如《詮釋的矛盾》、《詮釋理論》、《詮釋學與人文科學》及《從文本到行動：詮釋學論文第二集》。❿《從文本到行動》是里柯的《詮釋的矛盾》的第二集，收錄了他多年來有關詮釋學的論文，可說是他針對伽達瑪和哈伯瑪斯兩人的論戰所發展出來的折衷詮釋學，將傳統的詮釋學推至行動理論的面向，同時也擴大了詮釋學的範圍，不只是針對《聖經》章句、文學作品或法律文件而已，連社會行爲也一併列入詮釋學所要研究的對象，看待社會行爲一如作品、文本論述及社會想像思維的敍事體。里柯將詮釋學落實在詮釋者的主體性及文本的社會性或烏托邦的想像，融合了現象學、精神分析、意識形態批判及神學研究等學科，此一傾向在他較早期的《詮釋的矛盾》中已相當明

---

❿ *The Conflict of Interpretations: Essays in Hermeneutics* (1969, 1974); *Interpretation Theory: Discourse and the Surplus of Meaning* (1976); *Hermeneutics and the Human Sciences: Essays on Language, Action and Interpretation* (1981); *From Text to Action: Essays in Hermeneutics, II* (1986, 1991).

顯，而《從文本到行動》則更爲成熟。在里柯由《詮釋的矛盾》至《從文本到行動》的詮釋學發展過程裡，《詮釋理論》這本演講集是個路標，十分淸楚地指出里柯的旨趣和目標。在此發展過程中，里柯也出版了有關神學研究的詮釋學文集，如《聖經詮釋學》；同時，他一直十分關注科技發展與意識形態研究，著有《科學、意識形態與烏托邦》⓫，不過，對於科技、意識形態與烏托邦的問題，里柯其實也曾在《從文本到行動》中略有討論，因此在此處我們只就里柯的詮釋理論作要點分析，而不擬深入他的理論實踐部分。

(一)語言事件與意義

里柯較一般的詮釋學者更能接受結構主義及結構主義之後的新理論，因此他的「懷疑詮釋學」雖然繼承了現代詮釋學的神學、哲學傳統，卻不斷針對新概念提出折衷或批判的觀點。最明顯之處是他融合了邊門尼等人有關符號、結構語言系統的看法，但是卻更進一步以「論述」(discourse) 的事件及時間面向，來避免落入結構主義空洞、抽象的語言學陷阱。想瞭解他的詮釋學，我們得先明白「符號學」與「語意學」的差異，也就是語言作爲符

⓫ *Lectures on Ideology and Utopia,* ed. George S. Taylor (New York: Columbia UP, 1986)；另外，也可參考他在 *Dialogues with Contemporary Continental Thinkers,* ed. Richard Kearney (Manchester: Manchester UP, 1984) 之中的談話。

號及語言作爲論述事件的分別。里柯心目中的符號學者是某些結構主義者，而並非如巴特 (Roland Barthes)、克莉絲特娃 (Julia Kristeva) 等人，所以他以符號學相對於語意學，是指那些只注意語言系統，強調語言底層結構，從語音、語位、語形等差異作選擇與組合，來描述語言及溝通的普遍結構，以至於忽略了具體的語言活動及其時間面向的結構主義語言學家。里柯吸收了邊門尼有關「論述」的看法，認爲論述是一種表陳意義，使某種語言現實得以成立的事件，與客觀或歷史陳述大不相同，因爲客觀陳述不論何人、何時訴說，都不致於改變既定的事實，如「玫瑰有紅、黃、白等色」，但是當詩人說「我的愛人宛如玫瑰」，或以「玫瑰你病了」來象徵愛情變質或社會腐化，此種語言現實卻不能脫離詩人的文學論述以及他表達此種論述的動作和其片刻。換言之，此種語言現實是由語言事件及論述活動所構成的，一方面藉著作者或發出此一論述的人來呈現他所觀察或想像所及的現實，另一方面則依賴讀者或聆聽論述的人透過論述活動來掌握此一語言現實，在這兩方面的活動中，論述具備了時間的存在，以時間的持續性與連續性，將語言現實落實在雙方的心中，也因此論述變成「客觀」的事件，旣要求論述的發出者及作者對語言系統及成規語碼有所瞭解，同時也讓論述的接收者以他所熟悉的語碼來掌握訊息，並在時間上實現論述的現在意義。里柯進一步將論述的意義建立在論述本身的意義上，以顯示論述意義 (utterance meaning) 有別於論述者的意義 (utterer's meaning)，理由是論述本身才是意義之所在，論述發出者或作者心裡的想法已經變得毫無相干了，想要瞭解論述的意義還是得就論述本身來談，因爲論述一旦產生，便與作者疏離，去開創自己的意義。事實上，連「我」這個字也不是一成不變，而每次都有某一相同的固定意義的，「我」也是需在句子的結構中顯現出「我」的意義，而且不斷在新的句子之中表達出新的「我」及其意義，因此論述的意義頂多只將論述作者的意義（亦卽是作者的「意圖」、「本意」）當成是自我指涉點，以便作者的意義在論述之中落實並成爲客觀的意義存在。

里柯對於作者的意圖與論述本身的意義加以區分，而且進一步指出作者的意圖只在論述本身之中才能體現，同時也由於此種論述意義的客觀存在，作者的意義始有可能變爲讀者或他人所能夠理解、分享的意義，否則作者的意義勢必完全淪爲作者本人自己在某一特定時刻所掌握的意義而已。實際上，卽使是作者本身在創作期間所理解到的意圖，也往往與他當初的構想大有出入，而且在作者後來重讀其作品，加以修訂、更改時，他已變成了另一個人在另一個時間裡以另一種作者的意義來詮釋論述的意義，「我」遂成了不斷演變的對象，而不只是一個可以一再回溯的固定存在。如此一來，伽達瑪與賀許有關作者意圖的爭論，在里柯的釐淸之下，已不再是個値得爭辯的問題，因爲作者的意圖並不能獨立存在，也不是一成不變的歷史超驗存在。賀許以作者意圖爲準的說法於是立卽不攻自破。針對賀許所提出的「本意」（作者本意）及「衍生意」（現代義）的區別，里柯更進一步說明賀許理論的來源（亦卽 Gottlob Frege），分析佛雷格的見解其實是想用來討論

「意義」(sense) 及「指涉」(reference)，而並不是要來劃分本意與衍生意這兩種意義。根據佛雷格，「意義」是論述本身的意義，而「指涉」則是論述所針對的事物，例如我們說「瑪麗蓮夢露是一代尤物」這句話固然是指夢露這個人，將句子與具體的現實加以關連；不過，就論述本身的意義而言，這句話是描述與評估的陳述，表達了語意結構所塑造出的語言現實，並不一定要在大家都知道夢露確有其人，而句子一定有所指涉的情況下，才能被人理解。兒童常唱的「小星星亮晶晶」，就其意義而言，不管小星星指的是金星或火星，皆顯示出論述本身的意義，也就是論述構成語言現實，透過論述的主調與述部結構，所表達出的句子意義，一方面涉及我們對星星的知識，另一方面則超越了眞實的指涉，邁向一個想像、虛構的新現實世界，在我們不一定設想或指定某一顆小星星時，也能體會這句話本身的意思。換言之，意義並不一定得在指涉十分明確的情況下始能產生，意義與指涉乃是屬於不同邏輯範疇的論述活動。以文學作品而言，《西遊記》也許眞的根據歷史事件（唐僧取經）有所指涉，但是作品本身就有自己的意義，而且也不受到指涉的影響便發展出其論述意義，同時也脫離了作者的「原意」及其世界，不斷地顯現它在讀者閱讀之中所呈現的作品意義。

里柯指出作者原意此一心理詮釋學的標準不適用之後，接著便將句子意義擴大爲文本意義，就作品與作者之間的疏離情形（distanciation），來談文本意義將作者意圖加以外在化所構成的意義事件。由於文本一旦完成之後，便與作者脫離關係，變成了另一種存在，它所具有的意義是作者透過寫作的活動（與事件）所建構出來的論述意義，因此我們不能針對作者的寫作這件事來談它的意義。作品與面對面談話完全不同，因爲作品大體上是訴諸文字或圖像、聲音符號，作者未必在現場與讀者交談。亦由於此種媒介上的必然性，作品要比口語交談受到更多媒介、文字成規的限制，不過，要比口語更具有客觀與複雜的結構，同時也因此有了本身的自主性，在語意上完全獨立，是本身結構完整的存在，不再和作者的意圖劃上等號。作品的意義於是有一大部分是依賴讀者來補充和完成，它的意義結構在某種程度上是開放的，讀者藉著自身不同的文化、歷史背景，來發掘作品本身的意義，以他和作者之間的時空距離來重新闡揚作品意義。因此，里柯所談到的「疏離或距離」是有雙方面的意義，一方面是作品與作者的疏離關係，也就是文字媒介居中介入後，作品便成爲客觀存在的事實；另一方面則是讀者與作者及作品在時空、經驗上的差距。

里柯對於文字書寫與口語的差異，基本上仍採相當保守的立場，這是他和德希達的見解大不相同之處。德希達認爲口語未必比書寫具備更完整的面貌，他批判「語音理體中心」，認爲西洋的語言學與哲學一直是以口語作爲文字起源及其最根本的模式，因此反而沒注意到文字早已是在口語活動以及口語史的重述過程之中，實際上書寫才是首要的原則。⑫當然，德希達並不是就口語與書寫發展的

⑫ Jacques Derrida, *Of Grammatology,* trans. Gayatri Spivak (Baltimore: Johns Hopkins UP, 1976) 第一部分。

前後秩序來作反面文章，他毋寧是就口語與理體(logos)作爲意義的根源此種思想傳統，來提出質疑，在有關口語、音聲、理體的各種論述之中找出各種矛盾，以建立書寫原則早已內在於口語之中的見解，顯示在溝通的過程中，反而是誤解、溝通不良等因素在主導意義的傳遞，而口語的溝通，因爲不斷地試圖想要他人能夠理解，已運用了抽象書寫與語碼成規，所以並非是純粹的口語，已不是口語的訴說者（作者）所能控制的局面，意義早已隨著語言的散播而與時漂流，找不到其來源及目標。里柯雖然也認爲作品與論述意義有其自主性，可完全脫離作者的意圖，但是他仍堅持論述意義是由論述行爲此一事件與意義主客體之間的辯證關係所構成的意義落實活動，因此不必像德希達那麼特別專對語音、理體做深入的質疑，以至於忽略了具體論述的實現情況。由於里柯與德希達對論述事件與意義產生的過程，以及表陳與隱喩（metaphor）的作用，有相當不同的看法，他們後來又曾爲了隱喩的問題，而有過一兩次的爭論，關鍵在於：德希達不認爲語言事件是構成意義的先決條件，根據他的觀點，語言（或論述）事件早已內在於意義的自由活動之中，無法孤立或疏離出來，當做另一個起點；對隱喩是否早存在於哲學論述之中，使得哲學的眞理及其直陳式的理性模式受到汚染，這兩位學者因此有不同的意見，這在下一章裡我們會進一步加以討論。

㈡距離在詮釋上的作用

里柯以論述事件與意義之間的辯證關係，來確定論述本身的意義雖然來自作者及其論述，卻在作者發出論述之後，即具備了自主的生命。此種論述事件與意義之間的辯證關係是動態而有時間面向的意義實現過程，因此里柯不但運用了邊門尼所提出的「論述」概念，並更進一步將它發展為「論述進行之中」(discoursing)，表示論述與讀者之間的互動關係並非是一成不變的。論述一旦離開作者之後，首先便產生了 (1) 作者與論述之間的距離，透過此種距離，論述變成了作品，獲得本身的意義及自主的結構，讀者需以論述的規則（如文類、風格、組織的既定或創造性原則），來瞭解作品的意義；(2)論述成為作品之後，便與作者及他的社會逐漸疏離，作品本身構成一種特殊的世界，發揮它的烏托邦作用，與社會保持批判的距離，對照出社會的種種限制和不自由，同時由於這個作品世界能不斷在讀者的心靈中產生共鳴，作品遂變成了在世間中的存在，以其與世並存的不朽和開放性，在作者有限的生命之後大放異彩；(3) 作品與讀者在時空上的距離，一方面使作品的虛構論述得以實現，另一方面則讓讀者透過此種差距來達成自我理解與反省。作品本身是虛構、想像的論述，與社會現實有其差距，在作品一旦問世之後，即形成自主的意境，而讀者在另一個時空的環境裡，來閱讀、詮釋此一作品，試圖將作品中的某一個世界加以實現並挪為己用 (appropriate)，重新體會作品之中烏托邦的構想，將他人與過去的論述轉化爲當下的感受與理解，而在將他人挪爲己用或撥歸己有的同時，也意味到自己與作品世界之間的差距，瞭解自己如何在歷史之中受到文化的塑造，經由文學作品的教化，成就了今日的我，因此在與古人神交之時，明白了自我與傳統的關係，並透過此種經驗來達成自我在歷史上的定位和自我瞭解，知道自己之所以從來（過去），同時也藉此對未來的展望或作爲有所準備。

里柯提出「距離」與「挪爲己用」的概念，其實是鑒於伽達瑪的詮釋學有若干缺失，因此藉「距離」的見解來彌補伽達瑪無法自圓其說之處。首先，論述事件與作者之間的距離便很清楚地說明了伽達瑪在《眞相與方法》的第一部分所堅持的藝術自主性及其遊戲規則，卻不至於像伽達瑪那麼的形式主義及抽象。其次是距離說更能顯現作品之中的意識形態批判作用，但又同時保持了伽達瑪對讀者從傳統及作品之中所達到的自我瞭解這種看法。最重要的是距離說一方面避免了自狄爾泰以來的心理詮釋學，提出論述擺脫作者，變成客觀存在的見解，另一方面則不至於像結構主義者那般強調符號系統的客觀作用，而忽略了作者這個作用因 (agent) 及其論述事件透過與讀者的互動此一落實意義的過程。因此之故，距離說使得里柯的詮釋學得以逃出主觀與客觀主義的陷阱，而且也因此作品具備了文化批評的功能，針對當時的社會提出另一個客觀自主的烏托邦論述，並在後世的讀者反應中，顯出這個烏托邦想像在另一個社會環境裡的批判作用歷久而彌新。

「距離」呈現出論述成爲作品的客觀層面，使論述意義獲得自主性，而「挪爲己用」則凸顯了讀者的主體性，讓意義在作品與讀者的互動之中具體實現。距離與挪爲已用因此是論述意義彰顯過程裡的兩個主軸，距離主要是就論述的客觀存在而言，挪爲已用則是針對讀者反應及效應歷史意識。有關作品論述與社會現實的距離，而由此距離所產生的批判作用，是里柯的詮釋學較伽達瑪的哲學詮釋學更加活潑而且具有社會意義之處。雖然里柯大致上是由亞里斯多德的《詩學》及《修辭學》發展出「距離」的概念，但是也有可能是受惠於法蘭克福學派的批判理論。阿多諾在〈抒情詩與社會〉中，便指出抒情詩以特別的愛情咏唱及與世界的功利主義完全不相干的方式，刻意與這個世界表示彼此的差別，藉此批評社會現實；⓭馬庫色(Herbert Marcuse)也認爲「否定」現實的美學表達正是文學與藝術論述所發揮喚醒人心以及改造社會現實的功能。⓮不過，這兩位批判理論家在歌頌藝術作品的美學面向的同時，對於藝術作品的完整自主性，有它自己的成規及世界，也表示此種藝術與社會現實的距離正好是藝術的致命傷，反而會讓藝術停留在美學的範疇裡，甚至於變得冷漠或淪爲意識形態支配的工具。比起阿多諾及馬庫色的深入與悲觀，里柯則顯得較天眞些，因此更接近法蘭克福

⓭ Theodor W. Adorno, "Lyric Poetry and Society," *Notes to Literature* (New York: Columbia UP, 1991); 也可參考他的 *Aesthetic Theory* (New York: Roultedge, 1984).

⓮ Marcuse, *Negations: Essays in Critical Theory* (Boston: Beacon, 1968); *The Aesthetic Dimension: Toward a Critique of Marxist Aesthetics* (Boston: Beacon, 1978).

學派的第二代哈伯瑪斯。然而，由於里柯是透過距離說來重新詮釋伽達瑪所謂的傳統與自我瞭解，有關「距離化」的見解，事實上是用來調和伽達瑪與哈伯瑪斯之間的衝突，彌補他兩人之間的差距，此點在里柯的〈詮釋學與意識形態批判〉（收入《從文本到行動》）裡最爲明顯。

〈詮釋學與意識形態批判〉這篇文章可以說奠定了里柯在詮釋學上的地位，儼然成爲伽達瑪的發揚光大者。不過，里柯對伽達瑪也有所批評，包括伽達瑪對海德格的《存有與時間》某些片斷的詮釋未必正確，以及伽達瑪對於傳統之中的歷史扭曲無法採取比較積極的批判等。大致上而言，里柯是順沿著伽達瑪的詮釋學，試圖將幾個重要的概念，如「成見」、「傳統」、「權威」等加以發揮，並以距離的概念，進一步闡明人類得在文化傳統中，透過文學與文化的效應歷史意識，來作分析、反省及釐清的工作，一方面瞭解自我受到傳統、權威的影響與塑造過程，另一方面則透過文本所達成的自我瞭解與定位，來發展未來的歷史設計，針對過去的歷史錯誤或不公平，產生更爲明智的作爲。里柯的第一步是將伽達瑪的詮釋學放進啓蒙運動以來的文化環境之中，闡明伽達瑪的「成見」觀念不只是詮釋循環的一個關鍵，要詮釋者瞭解到歷史效應的影響而已，而是更進一步要針對權威，質疑權威的形塑過程，明白理性本身的限制，以免陷入盲目地服從權威和傳統。與「成見」並行不悖的是「體認」(Anerkennung) 此一重要的概念，體認或再認識、認定過去文化所累積的成果及其局限，便能讓詮釋者提出批判，有可能在爲權威發言的同時，也發展出其意識形態批判，儘管伽達瑪往往在提到權威或傳統時，也用到「力量」或「支配」，彷彿權威具有絕對力量來支配文化思想，其實他一直將權威與理性加以關連，說「傳統經常是自由與歷史本身的成分」(《眞相與方法》250)。因此，伽達瑪說：「保存文化是一種自由選擇的行動，並不比革命或更新遜色。」(《眞相與方法》)根據此點，里柯表示保存文化遺產絕不等於貯藏、保留自然現實，要保留傳統得加以掌握、提携、維護，必然需要理性，更何況伽達瑪所說的是諸多識域的滙合 (fusion of horizons)，而並非只有一種識域。也許目前有某一個主導識域的語碼，但是這些識域會不斷地融合、變化。實際上，「成見」是目前既成的觀點，但是還得將我的成見與他人(作品、他人的詮釋)加以關連，瞭解到當今情勢的限制，並對別人或一些未來的變數採開放的態度，使我在面臨他人的觀點，形成彼此的張力時，成見方促成了他人與我、過去的作品與現代讀者的觀點之間的互動，而且也構成了詮釋活動的歷史性。

哈伯瑪斯批評伽達瑪的詮釋學普遍性，對於知識的可能性假定某種放諸四海皆準的規則，但對知識與權力以及溝通理性的特殊情境均不感興趣，里柯則爲伽達瑪辯護說詮釋的普遍性其實是來自具體而微的普遍經驗，伽達瑪以語言爲所有經驗的基礎，所以才會提出去除專門知識方法的局限，轉而要求普遍的歷史眞理。里柯承認哈伯瑪斯的批評是針對伽達瑪詮釋學的消極可能，因此哈伯瑪斯想「將反省中遭到遺忘的經驗重新解放」，同時以知識與人類取向 (human interests)，來分析科技知識所造成的社會及文化扭曲，希望藉此來批評社會中的支配與暴力現象以及更深層的意識形態詐欺。哈伯瑪斯區分工具與溝通行動，認爲工具理性往往透過支配性的體制，建立金權與力量的系統，壓抑了人類的生命世界，使得人與人之間的交往大多建立在利益算計與外在的需求上，逐漸以主體思考爲主，而無法建立共識，或眞正產生溝通行動，運用溝通理性來重建人與人之間彼此認同，使得生活有目標，而且在文化上試圖救贖以往的脫序、失常、扭曲、誤差或進一步完成當初的啓蒙設想，把其中遭到誤解、敗壞的成分揚棄，重新發揚眞正的啓蒙溝通理性，爲全人類的知識解放努力，替世界的未來生命以及所有共同命運的主體謀福利。里柯對此點也深表贊許，不過，他認爲哈伯瑪斯要「去除傳統文化象徵」，期盼知識的解放，達成不受限制的溝通，得先瞭解那一個傳統是受到一般的認定，而針對這種傳統如何作回應，進行「重新塑造象徵」的活動（resymbolisation），他還是需要探究傳統的詮釋學，也就是還得靠伽達瑪或里柯的詮釋學。

里柯以「歸屬」（belonging）與「疏離」（或距離化的作用）這兩種詮釋活動之間的辯證關係，來解決伽達瑪與哈伯瑪斯之間的衝突，伽達瑪側重「歸屬」傳統與「參與」對話，因而比較忽視意識形態批判，針對這種疏忽，疏離的詮釋作用則將哲學詮釋學的玄學與本體論傾向放到作品的物質存在上，看待作品是論述的客觀結晶，有其自主性；同時，也由於這種疏離作用，作品：(1) 與作者的意圖不再相干；(2) 與作品生產時的文化處境與各種社會條件均已隔絕；(3) 和當初的讀者也不再有關係。緊接著，作品便構成了最根本的文本條件，讓詮釋活動得以產生批評體認，透過時間與歷史性，在讀者心中激起回響與反應。作品經過疏離之後，便成爲詮釋者解釋與瞭解的對象，同時發揮作品對社會現實的批判作用，以作品所鋪陳的種種虛構可能處境來揭露現實生活之中的種種荒謬、缺失、限制，正因爲作品的虛構（「詩情畫意的」）論述與日常生活大異其趣，所以它具有開創另一種生命存在，邁向未來可能會存在的意境而發揮其力量與影響（as power-to-be）。當然，疏離與批判是不能與歸屬感絕對二分的，否則批判勢必要淪爲空洞的或宗教式的口號，對於本身的立場及其所針對的文化傳統、社會支配關係與暴力事件，無法作詮釋學上的反省，如何一方面在針對疏離的溝通能力一再受阻或扭曲的情況下，提出不受限制的溝通與解放，預期美好而自由的未來，然而另一方面卻能夠就社會與文化遺產的現況作創造性的重新詮釋，那得依靠同時兼備疏離與歸屬感的質疑或深度詮釋學以及以此種詮釋學爲基礎的哲學人類學。換言之，要分析人類知識的取向，針對分析科學專業技術的壟斷，詮釋者仍必須在過去的文化傳統中找到落腳處，並對本身的成見進行自我瞭解與釐清，方能展望未來追求解放。

在歸屬與疏離的辯證之間，「挪爲己用」的概念其實是個很重要的關鍵。里柯談到距離在詮釋學上的作用時，針對書寫與作者的疏離化現象，提出「挪爲己用」，認爲書寫一旦成爲作品之後，便脫離作者的意圖，透過此一距離可以被他人挪爲己用；不過挪爲己用與距離仍是相輔相成的活動，並不會因爲讀者可挪用作品便消除了距離。事實上，讀者將作品「挪爲己用」時，已與作品的客觀結構產生互動的辯證關係，讀者對作品的意義（而不是作者的本意）起感應，進而瞭解作品對於文化及歷史的影響，因此達成「面對作品的自我瞭解」。就自我瞭解的活動而言，讀者並非將自己的有限理解能力投射到作品上，反而是暴露自己，面對作品，從中獲益，擴充了自我，以便更進一步來調適自我，吸收作品的世界觀。也就是當讀者沈醉於作品的虛構世界時，一方面喪失了我的主體性，然另一方面卻擴大而且重新找到了自我，此種經驗很像莊子在〈齊物論〉中所描述的「心齋」、「坐忘」之後的「同於大通」、「與天地合一」的境界。因此，「挪爲己用」在構成讀者的主體性的同時也解構了讀者的主體性，並且要求讀者作自我批評，對自己的「成見」作自我反省。

里柯對「挪爲己用」的看法，基本上是將它附屬於「距離」之下，藉此闡明伽達瑪未能自圓其說的傳統與權威說，但是如此一來，卻使得讀者重新建構作品意義，還有其烏托邦世界的活動遂變成相當被動而有限。在里柯的筆下，讀者的主體性是「懸疑、未實現、僅具潛能」的存在，須等到與作品接觸之後才能加以擴大、落實。因此之故，里柯雖以「距離」的見解來描述詮釋者如何有可能進行意識形態批判，但是在實質上，讀者仍受限於作品的「客觀」結構，大體上是被作品以及傳統所「挪用」。事實上，如果我們將里柯的「距離」說及「挪爲己用」的觀念加以修訂，增強讀者反應的積極角色及其扮演意識形態批判的社會功能，則「挪爲己用」的活動不只是讀者透過作品來達成自我瞭解的活動而已，更是作品在讀者的世界實現其潛能並在歷史或文學史上落實，成爲文化及社會資源的一部分的此一過程。在這一方面，當代的其他詮釋者如堯斯(Hans Robert Jauss)或沃曼(Robert Weimann)的理論，以及一些新歷史主義者對文學與社會的看法，便對里柯的詮釋學提供了相當有用的觀點。[15]有關這些人的貢獻以及吾人如何藉助他們的見解來重寫文學史，我在第六章分析里柯的敍事論後，會以兩部作品來略作演繹。此處，我們還是先繼續談里柯在詮釋學上的貢獻。

㈢解釋與瞭解

里柯較以往的詮釋者更加博大精深之處卽在於他一直吸取結構主義及結構主義以降的文學、社會、歷史學研究，不斷地擴充詮釋學的領域，並加深其方法論及意涵，最明顯的貢獻便是他以「解釋」與「瞭解」來融合自然科學與人文科學，採擷結構主義與社會學的功能學派等學者的發現，將浪漫詮釋學的弊病徹底掃除，而又不致於讓詮釋學落入客觀主義的陷阱。由解釋與瞭解兩大主軸所構成的「深度詮釋學」及「哲學詮釋學」，不但擴大了我們對

---

[15] Hans Robert Jauss, *Question and Answer: Forms of Dialogic Understanding*, trans. Michael Hays (Minneapolis: U of Minnesota P, 1989); Robert Wimann, *Structure and Society in Literary History; Studies in the History and Theory of Historical Criticism*, expanded ed. (Baltimore: Johns Hopkins UP, 1984), 尤其是其後記 "Text and History: Epilogue, 1984"; H. Aram Veeser, ed., *The New Historicism* (New York: Routledge, 1989).

文學作品的視野與理解方式，同時也將人類的社會行爲納入詮釋學的範圍，成爲可以說明與瞭解的文本（text)。

「解釋」通常用在自然科學上，是透過科學觀察，以數學或邏輯的方法，針對自然現象及其因果，提出客觀的描述與說明。人文科學則研究人類心靈及文化活動，因此往往訴諸直覺及移情，來掌握由內在意境所投射出來的外在符號，藉以深入另一個心靈的活動。狄爾泰在其著名的文章〈詮釋學的發展〉裡便說人文科學的詮釋方法是「瞭解」，亦即是透過瞭解的藝術，來獲得有關另一個心靈生命符號的知識，在書寫所保留、具體呈現的文件之中，就字裡行間推敲，來與作者產生心靈共鳴。自狄爾泰以來，解釋與瞭解此兩種詮釋方法便截然二分，然而在人文科學中，卻不斷針對本身崇尚直覺而無法確實證明的心靈移情經驗，提出種種質疑，一方面不願使人文科學變得完全客觀或透過量化的分析方能掌握的科學，另一方面卻對主觀的心靈契入說深感不安，因此力求客觀，試圖闡明重新創造作者原意的心靈契機或生活體驗，並以此種瞭解方式來面對作品及不同時代的讀者，發揮其詮釋學上的有效性，而不致於淪爲主觀、武斷或隨興的評論。這一直是狄爾泰以後的浪漫詮釋學的後遺症，海德格及伽達瑪等人只是以存在的語言及歷史面向來加深瞭解的作用，並擴大自然科學與人文科學之間的差距，卻無法解決解釋與瞭解之間的矛盾。

里柯發現以結構主義的語言及文化人類學理論模式，來解釋文學及社會論述，不僅能賦予人文科學研究以客觀的參考架構，而且可與瞭解的詮釋方法相輔相成，避免過度主觀或客觀的弊病。由於作品（文本）是一種語言成品，隨著它和作者意圖的隔絕，成爲客觀的存在，只具有「內在的成分」而不再靠外在的因素（如聲音、姿勢、意圖等）來構成其意義，所以結構主義語言學有關語言成分的對立及結合情況便能具體解釋作品的結構。里柯早期便對結構主義的論點頗爲欣賞，在《詮釋的衝突》第一節裡，他便試圖融合結構主義與詮釋學，並對結構主義的語言系統與語言行爲的對立區分提出批評，眞正的要點並不是對立的系統與關係，而是意義從論述事件到文字的實質存在與結構的這一個過程，因此里柯說我們必須以「過程而非系統，結構內涵而非結構」來詮釋語言作品及其活動（見《詮釋的衝突》95）。這一點在他談到論述本身的意義以及作品與作者之間的疏離關係時極爲明顯。雖然是受到結構主義者的啓發，他卻將重心由論述改爲「論述之中」，將結構主義者的抽象溝通模式（由訊息的發出者到收受者的論述）加以修訂，使論述呈現意義的具體過程透過作品與讀者的辯證關係來開顯，因此較結構主義者的平面而非時間性的溝通模式更具有時間與歷史面向。

除此之外，里柯也從李維史鐸的結構人類學中擷取其神話底層結構的模式，希望藉此描述、解釋作品的衝突及其意義。在語言方面，結構主義者提出語言、語形、語意等位素，李維史鐸則在人類文化的相互比較之中找到一些「神化位素」，這些神化位素構成了神話，並且在不同的文化裡均是深層結構的「大組構單位」，亦即是神話透過這些單位的組合形式來達成、顯現意義的作用，因此神話單位的組織、布局便是神話結構研究的重點。李維史鐸對伊底帕斯王弒父淫母的神話，提出四欄的解釋：在第一欄裡，是過重的血親關係（如伊底帕斯王娶了他的母后爲妻，或伊底帕斯王的女兒安蒂宮妮不顧王法，將她的兄長安葬）；第二欄則是過輕的血親關係，剛好與第一欄相反（如伊底帕斯殺死了自己的父親，後來他的兩個兒子也兄弟反目，自相殘殺）；第三欄是有關妖怪及其毀滅（如人面獅身獸的謎語被伊底帕斯解開之後，羞憤跳崖自盡）；最後一欄則是一些暗示無法正常走路的名字（如伊底帕斯這個名字便是腳腫、不良於行的意思）。在這四欄對照之下便顯示伊底帕斯王過度重視或看輕血緣關係，而另一方面則具足超人的智慧但卻在身體結構上有缺陷。在這肯定又否定的對立結構下，便展現出伊底帕斯及全人類的內心困境，也就是這種種神話將各種的矛盾放在一起，以十分邏輯的方式，企圖來解決、克服這些衝突，但卻發現自我矛盾的現象。以此種方式來解釋神話，則其客觀的成分似乎一目瞭然，而且意義也較容易被掌握。既然各種文化在不同的時空內均具備這些對立的神話位素，用這些位素來解釋作品自然可免於主觀直覺，不至於公說公有理，婆說婆有理，大家各執一辭，陷入詮釋的無政府狀態。

里柯同時也採納俄國形構主義者布拉普（Vladimir Propp）的民間傳說研究及另兩位法國結構主義符號學者葛萊瑪士（A.J. Greimas）與巴特（Roland Barthes）的敍事理論。布拉普分析了一百篇俄國民間故事，發現到故事的情節大致不能脫離這種結構：一開始時，有個匱缺必須被彌補（如王子尚未娶妻，或父親病危等），於是主人翁便出發去尋求解決之道，通常在經歷過考驗之後，接受了神仙或王師的饋贈物，去達成艱巨的任務，最後將圓滿的解決辦法帶回家園，從此過著幸福快樂的日子。以符號來表示，這些故事便顯得容易瞭解，巴特甚至於一度認爲若以結構分析來觀察所有敍事體，將所發現到的情節以符號打入電腦，勢必便利比較文學或世界文學的研究。這些結構主義者將作品的情節與修辭結構拆解爲水平與垂直面的單位，分析各種片斷如何在各種層次上交融，不管是以二元對立或四個層面的對立與結合（如葛萊瑪的分析架構），皆以力求客觀的方式，來探索行動背後的邏輯，並不涉及個人的美感或親身經驗。透過結構主義的語言學、神話研究及敍事論分析，我們因此可以解釋爲何作品之中的情節會變得可以理解，不僅在語言與修辭上，可客觀分析其選擇與組合活動，而且就神話、敍事結構上，也能找到其文化邏輯，是以人文科學的方法來客觀解釋人文現象，而不至於像自然科學那麼完全採取觀察、分析的方法。

里柯認爲用解釋的方法可以達到一種概率的邏輯，而非是實證的邏輯，因此詮釋的確效性是在某種時空情況下，所建構出較有可能的讀法，而不是如自然科學家那般堅持結果可以一再印證。此點類似賀許所說的「貼切」詮釋（approximation）；不過，里柯以距離說，明白表示(1)意義在作品之中變爲固定存在；(2)作品與作者的意圖整個脫離；(3)指涉不受限定；(4)任何讀者都可以接觸作品。同時他又以「挪爲己用」的觀點來重新詮釋伽達瑪的「遊戲」（play）理念，表示作品以其虛構世界引導讀者進入烏托邦，將自己的主體性消除，達成自我理解與自我充實。因此，里柯將解釋與瞭解視爲是詮釋活動的辯證關係之中的兩大主軸，與賀許強調詮釋的客觀性，只從作者的生平、風格、文類來解釋作品的原意此一作法有相當大的差別。

在概率確效的邏輯之下，詮釋者解釋作品的意義，可避免專斷與懷疑論，同時也以比較客觀的方法來掌握作品的結構與內涵（what），進而瞭解其目的及存在世上的理由（why）。解釋的用意是想指出作品的結構，顯示作品內在成分的有機關連，有了這種基本的文本理解，讀者還需朝作品所鋪設的道路再向前邁進，並置身其中，玩味作品中的世界，使文本轉變爲活生生的行動，得以讓後人重新道出或實現作品之中的境界，這一步正是瞭解要完成的工作。因此，除了分析神話的成分及其結構，從語言的形、音、義等位素來探索符號與意義之間的運作關係之外，我們還得以深度語意學來揭露神話存在歷久而彌新的意義，否則詮釋只會停留在分析各種要素之間的結合與選擇關係，與活生生的人及其社會完全脫節，變成了抽象的理智活動。比較圓融的詮釋所以得一方面就作品的結構，由淺而深來加以理解，另一方面則必須結合解釋與瞭解，將作品的現代意義加以展現。展現作品的現代意義並不意謂完全以目前的經驗來將作品挪爲己用或強作解人，甚至於削足適履，詮釋者反而是被作品所引領，跨越自我早已設定好的詮釋，進入作品的世界，重新體驗作品對現代社會的啓示。以美國符號學家柏斯（Charles Sanders Peirce）的話來說，即是用另一組詮釋符號（現代的符號）來詮釋原先的符號，這個詮釋符號（interpretant）本身便是象徵的表達，十分類似隱喻（metaphor）以甲物去替代乙物的語意創新與含納吸收活動（assimilation），乃是因應符號所代表的對象而產生的品評、定義。（這種品評在中國的文人畫傳統裡是以「寫意」的符號傳統來描寫對象，而文人又以詩或畫贊去演繹畫的意境，形成詩與畫之間微妙的詮釋符號關係，亦即是文類與意境之間的知音和對話，並不直接道破，卻以更多類似的抒情批評來暗示、補充、重新創造畫的意境。評畫人在元、明之際往往本身就是畫家，倪瓚便是最著名的例子，他的詩文寫在自己的畫上，與畫所描繪的對象。三者構成了對象——符號——詮釋符號的三角關係，再加上他的友人及後人的品評詩文，又將這種三角關係再往前推。）⑯ 以對象——符號——詮釋符號的三角關係來看，作品本身是研究對象，符號是我們以結構分析的解釋架構所展現的深度語意，而詮釋符號是作品意義的活潑生機所引發的一系列詮釋，由後人所形成的詮釋社群（如新批評、讀者反應、解構批評家）不斷提出，並由作品加以容納，使作品的意義顯得與日俱增，隨著新經驗的產生而拓展新意義。瞭解的活動因而有相當大的程度是與隱喻的語意創新和吸收功能頗為類似，這一點也說明了里柯何以在詮釋學的研究之後繼續邁向隱喻學。

㈣從文本到行動

換言之，瞭解是重新創造作品意義，繼續開拓並實現

⑯ Yu-kung Kao, "Chinese Lyric Aesthetics," *Words and Images: Chinese Poetry, Calligraphy, and Painting*, eds. Alfreda Murck and Wen C. Fong (Princeton: Princeton UP, 1992), 47~90.

作品意境的活動。解釋是由表面切入，分析作品的結構，而瞭解則是深入作品的虛構世界，重新體驗那個世界的活動。由這兩種相輔相成的詮釋方式互相搭配，詮釋理論便不至於在主、客觀上有所偏執。基本上，里柯將作品當作是最終的權威這一點與讀者反應學者如伊哲（Wolfgang Iser）或費許（Stanley Fish）有幾分近似，伊哲的理論在里柯較後期的著作裡便常被提及，里柯對伊哲的文本觀及作品意義的美感結構、虛構世界等看法大致上同意，他僅以時間的面向來補充伊哲的讀者反應理論，因此將伊哲與堯斯的理論融於一爐，但就費許的詮釋社群此一概念而言，詮釋社群之間的矛盾一方面固然凸顯了作品本身的意涵豐富，另一方面卻把重點放在文學詮釋的典範與機制（institution）上，探討某一種文學信念（如文學是有機體或文學反映社會等）如何透過典範的教學、示範及出版來傳播並鞏固其本身的價值，文學詮釋社群是種種文學信念之間的衝突與協調單位，因此是文學作品意義的節外生枝，不只限於作品意義的探究而已。事實上，由於不同的文學信念，雖然大家看的是同一本書，所得到的意義卻可以千差萬別，而如何去說服他人，讓別人相信自己的詮釋是可以接受的，則是學院之中的詮釋問題及文學政治。費許認為一般是以作品本身的證據為準，來證明自己的觀點，另一種方式則是說服他人，而不認為作品意義是固定且可以簡單用證據來說明而已，費許認為他自己的詮釋是屬於說服，而且是在對方已準備接受時，方能說服對方改變立場，因此意義是由文學信念所產生出來的組構活動，隨著機制與典範的轉變而有種種起伏。⑰里柯提出的「解釋」則類似費許所謂的「證明」，至於「瞭解」則與「說服」頗有距離，因爲「說服」並不接受作品本身意義乃是意義的來源與終點這種見解，意義反而是無以決定而不斷飄浮著。里柯與費許大致上同意詮釋社群之中的知識與權力關係並不足以左右詮釋或導致社群之間乃至社群與外在世界的關係或文化政治的改變。這一點是和許多提倡較爲激進的詮釋理論學者與文化研究者大異其趣之處。⑱

里柯並不因此就對社會文化或意識形態採取容忍或全盤接受的態度，他反而認爲得擴大詮釋學，將社會行爲納入文本的範疇，除了以社會科學或科學的方法，來解釋其因果、結構之外，還得進一步瞭解所有的社會行爲與社會現實在基本上都是象徵的表達，想以某種起始性的行動，來設計、指向一個可能會更美好的世界，因此我們在分析之外，更應努力來掌握社會行動的文本指涉所試圖展現出來的世界觀，實現社會現象底下的烏托邦設想及其意義，將文本落實到傳統與社會之中，使個人與所有的公民擁有歸屬感，但又能從時空的距離來對社會現象有所反省與批判。

針對哈伯瑪斯所提出的意識形態批判，里柯因此主張

⑰ Stanley Fish, *Is there a Text in This Class*? (Cambridge: Harvard UP, 1980)，最後一章 "Persuasion vs. Demonstration"，他最近的著作也討論到變更立場的問題。

⑱ 如 David R. Hiley, et al., *The Interpretive Turn* 之中的論文； Lawrence Grossberg, et al. eds., *Cultural Studies* (New York: Routledge, 1992) 所收入的論文頗能代表目前文化研究的重點及其各方面的發展。

將此種批判的反省放在詮釋架構之上，瞭解本身有其歷史處境，先就文化傳統加以詮釋、選擇之後，再來發揚傳統。換言之，我們對意識形態所造成的支配、合法化、壓榨及社會成員的建構作用，必須非常警覺，應不斷以科學方法來探索已經沈澱而只發揮合理化功能的意識形態及知識與權力（或利益取向）的關係。但是同時也必須對詮釋者的主體性這個彷彿是超然的抽象虛構加以解構，而不至於在科學的誤導之下，將社會現象的研究變成是「無我」的論述，只知一味地批判別人而忘了自己的來龍去脈，甚至於沈醉於批判的理想主義之中，而不知身居何處。

準此，里柯雖然將重點放在作品本身的意義以及其不斷擴充的潛能上，但他也將社會行爲、科學與意識形態等視爲是詮釋學的範圍，並且一再強調社會科學與其他科學等客觀知識皆不能忽略人在社會與文化中的地位，亦即是人在文化傳統與歷史之中有其歸屬關係，而針對此種歸屬關係卻未能作全面性的自我反省，這些知識事實上只具有相對的自主性。客觀知識與意識形態之間的對立關係則需透過詮釋者由時間與歷史距離中所達成的自我理解來作突破，並以此種歸屬與距離相輔相成的詮釋學，來進行批判、挑選以及重新闡揚歷史的行動，就此點而言，詮釋活動是由文本到行動所開展出來的具體倫理與政治行爲，不只是重溫文化傳統，而且也引導公民對文化傳統產生關懷，並想進一步來解釋和瞭解自己的過去與未來。

第 五 章

隱喻學：比喻與創意

里柯在他的《惡之象徵》及早期有關詮釋學的著作裡，便對比喻的語言諸如象徵、隱喻、意象、神話等作了深入的討論，上一章在談到他的詮釋理論中，我們已提到隱喻的重要性，隱喻在「符號——對象——詮釋符號」的三角關係中是個關鍵，因爲符號是針對事物而起的代替物，也就是代替對象的隱喻表達，例如「樹」在各種語文中有不同的書寫與拼法，中文是樹，英文是 tree，法文是 arbre，德文是 baum，文字與樹本身並無眞正的關連，是以符號去代替樹這個對象：木本而且會長葉子的植物。而要去詮釋或瞭解這個符號的運用，如我們有時說「樹大招風」或「百年樹人」，其中「樹」已變成另一種符號，是以比喻的方式，去影射因太出名而時常招來麻煩的大人物或名號，以及由種樹而延伸出的「教育意義」，將人比喻爲小樹苗，加以呵護。如此一來，「樹」這個符號不僅是針對木本植物的隱喻表達，更進一步發揮它的隱喻作用，以至於被用來象徵類似樹的種種活動，使得詮釋符號由「木本植物」朝向各種與人類生活有關的活動發展，改變了原來符號與對象之間的對應關係，不斷讓符號的語意及涵意愈來愈豐富，產生更多活潑而新潁的隱喻表達，十分貼切地描述、塑造、重新界定社會現實與生存環境。里柯因此大力鋪陳隱喻重新發明對象，並藉此消融彼此間的距離，促進語意與觀點的更新，導致社會關係的改變，創造出新生機的種種修辭與倫理（社會與政治上的薰陶）功能，儼然隱喻是人類生命繼起，不斷演進的過程中最原初活生生的表達。

里柯有關隱喻學的巨著是《活喻》(*La métaphore*

vive），附題是「以多元科際研究探索語言中的意義創造」。❶ 這本書與一般討論隱喻的著作最大不同處在於里柯不只是將隱喻著作視爲是比喻的文字修辭替換技巧，他認爲隱喻不僅是類似的比喻，是詞彙之間的替換或延伸（如「玫瑰」代表「愛情」），隱喻更對整句話及全盤脈絡產生極其特別的作用，一方面消除彼此的差異及距離，達到「異中，大同」的觀照，另一方面則開創新的思考格局，以嶄新的角度去看社會現實或作品虛構的情景。因此隱喻是意義及關係的轉變，是比文字與語意之間的互動還要更加複雜而且龐大的「本體神學」(onto-theology)，由類似對象事物的相互比較、替換、邁進論述各種世界的交融，產生了「隱喻的眞理」，導致新語意、新觀點、新生命得以呈現，讓人們在文學與日常語言之中找到更加適當的方式去描寫或體會向所未有及無法表達的經驗。隱喻通常是以神來之筆道出以前不大被人發現到的某種關係（如玫瑰遭蟲咬爛，象徵愛情或社會的腐化，將爛玫瑰與爛社會一起比較參照），因此，與文字、文化的創意密切相關，惠爾萊特 (Philip Wheelwright) 及強生 (Mark Johnson) 等人都指出隱喻對神話、日常生活有所貢獻，文化人類學家也一直表示隱喻乃是人類表現及認定其社會的主要模

❶ *La métaphore vive* (1975)，英譯 *The Rule of Metaphor: Multidisciplinary studies of the Creation of Meaning in Language,* trans. Robert Czerny, et al. (Toronto: U of Toronto P., 1977).

式，❷即可證明隱喩的社會與文化功能。

爲了證明隱喩與語意創新或變化現實的關係，里柯從亞里斯多德的《詩學》與《修辭學》裡取得靈感，奠定了他的隱喩學基礎。亞里斯多德在《詩學》裡界定隱喩是:「隱喩是拿他物的名字去給某一件對象，這種移替可以是由種到類，或由類到種，或由類到類，或根據對比」。(1457 b 6～9) 隱喩的第一個特徵是就名詞去作某種轉變，以雙喩的方式，將名詞替換掉；第二個特徵是隱喩勢必包含某種替換或由種到類等的活動，其中涉及地位或本質上的轉變；第三個特徵是隱喩借用了本來是屬於他物的名字，將與自己完全不同而且有差距的東西，透過比喩加以消融；第四個特徵是隱喩是由種到類或由類到種的移替，因此不必一定要建立在彼此的類似點上，反而可能是一種錯認甲爲乙的論述活動， 甚至於是對正常思路或邏輯秩序的叛逆，使事物的一般規則與分類突然整個被弄亂，在弄亂原來的秩序的同時而又創立了一種新秩序 (disordering)，似乎在打破規則之中便發現了或發明了新的知識眞相，以至於重新描寫現實，用嶄新的觀點去描述現實經驗，發出前人所未發出的新看法。換句話說，隱喩是在不同的事物之中發現到雷同的成分，是異中求同的直覺觀照。

---

❷ Philip Wheelwright, *Metaphor and Reality* (Bloomington: Indiana UP, 1962); Mark Johnson, *The Body in the Mind: The Bodily Basis of Meaning, Imagination, and Reason* (Chicago; U of Chicago P, 1987); Johnson 也編了一本隱喩專集，收錄所有重要文章，書名爲 *Philosophical Perspectives on Metaphor* (Minneapolis: U of Minnesota P, 1981).

雖然亞里斯多德談到隱喻時是把它指定在名詞的轉化上，但是他其實看待隱喻儼然是一種動詞，也就是「隱喻化」的活動，而且這種隱喻化的活動得依賴某種天分、天才去發明出巧妙的運用他物之道。有趣的是，亞里斯多德在界定隱喻時並未用到「類似」(resemblance) 這個字，即使隱喻乃是要我們看到兩件截然不同事物的類似點此一涵意已呼之欲出。不過，有一點是千眞萬確的：亞里斯多德將隱喻視作一種類、種之間的「範疇越界」，由種到類或由類到種等不同範疇之間移形換位，而由於這種範疇的越界活動，本來不同的事物突然顯得極端類似，一下子變成同一回事，這種移替 (transposition) 及重新指述現實的表意特徵，使隱喻已不再只是名詞的詞類變化或字本身的轉化而已，因此隱喻是一種論述現象，不僅僅是文字的歧出或改變。隱喻將兩種事物加以轉換融合，使它們產生移替 (transference) 與互動，使正規的語言從平鋪直述 (literal) 邁向比喻象徵的活潑與多義性，不但如此，更進一步讓我們透過隱喻洞察的情景交融的意境，將原來看不到的事物關連凸顯在眼前，並透過動態的情境將距離拉近，轉變物我的關係。以亞里斯多德在《修辭學》的字眼來說，隱喻是將可能的觀點 (the probable) 提出，以說服他人去面對具體情境的儼如眞實 (as if)。

里柯認爲亞里斯多德以後的學者往往忽略修辭學的眞正作用，無睹於隱喻在用字遣詞之外的廣泛含意，因此常把隱喻看得很刻板，只當它是一種修飾手法與文字上的技巧，隱喻所導出的認知過程與移替論述現象便乏人問津。里柯覺得這些學者弄不清隱喻的本質，無法區分隱喻的

「如是」(to be) 及一般比喻的「宛如」(to be like), 遂淹沒了隱喻的語意創新功能及改變觀點或重新描述現實的作用, 只把隱喻當作名詞之間的代替與修辭潤色。針對這種只就字及名詞替換的隱喻學, 里柯提出隱喻表達的理論, 研究隱喻的意識如何產生。以較方便的講法來作區分, 我們不妨將專門研究字的替換理論稱爲隱喻替換理論 (substitution theory), 而把里柯的隱喻學叫做隱喻移換 (transposition theory), 並拿里柯的隱喻學與一些哲學家或文化人類學家的隱喻學相互參照。

替換理論是將重點放在名詞之間的替換, 隱喻是個「喻依」工具或媒介 (vehicle), 用來表達原來名詞想指出但無法具體闡明的「喻意」(tenor)。因此隱喻是借用來潤色, 補足主題的另一個名詞。如蘇格蘭詩人伯恩斯 (Robert Burns)所談的「我的愛人是一朵紅, 紅玫瑰」, 愛人是喻意及主題 (tenor), 而玫瑰則是用來替換愛人的喻依及媒介 (vehicle), 喻意及喻依之間的互動便構成了隱喻的意義。這種替換或互動理論的代表人物是李查士 (I. A. Richards), 他在《修辭哲學》(*Philosophy of Retoric*, 1936) 的第五、六章卽就喻意與喻依去演繹隱喻所搭建出的張力關係。語言哲學家也大致繼承李查士的觀點, 去分析隱喻的作用。不過, 根據里柯, 李查士其實是倡導文字之間的脈絡轉換, 由於喻依與喻意的互動, 帶動了有關兩種不同事物的思考方式或彼此接觸, 在相得益彰的同時, 更進一步轉化了認知與思想的方式。里柯稱替換理論爲「以文字爲單位的符號學」, 而他提出的則是隱喻「論述的語意學」, 有關符號學 (semiotics) 與語意學

(semantics) 之間的差異，我們在前一章已提到，里柯一直是將這兩種語言研究方式對立，以顯出論述表達的意義並不只是限定於字、詞而已，字詞結合成句時，句意往往超過字詞的意義，而且有它的自主性。

里柯除了將李查士的互動理論擴大並加以吸收之外，也採納了布拉克 (Max Black)、畢爾斯里 (Monroe Beardsley) 等哲學家的隱喻學。布拉克的經典之作《模式與隱喻》(*Model and Metaphor*) 的一大重點是想建立隱喻的「邏輯文法」，他從字詞的隱喻基礎去探索整個論述表達透過秩序隱喻所開展出的新情境：新的類似點及新的意義。隱喻不僅是字詞的替換而已，更重要的是隱喻強化語意的焦點，將某種特殊的情景凸顯出來，「組織了我們對世界的觀點」，賦予世人一種「洞見」。如「我的愛人是紅，紅玫瑰」的說法，一方面透過紅玫瑰的隱喻道出愛人的鮮麗，刻意顯示出她的嬌艷美麗及其動人心魄的芬芳氣息，另一方面則強調玫瑰的綻放期限，進而突顯愛情在此期限之內如何化片刻爲永恒，把握眞情面對各種變化而始終我心不渝，即使「海枯石爛」亦毫無悔恨。因此這個隱喻不只是以玫瑰去替換愛人，更將愛的誓盟、美滿與永遠鮮麗的意境整個披露在讀者眼前，轉變人與人之間的關係及對他人的想法。李商隱的詩句「蠟炬成灰淚始乾」以蠟燭去比喻愛人惜別的情景，將蠟燭人格化的同時，也表達出愛人山盟海誓的淒美及殷切。

布拉克的隱喻學認爲隱喻的特殊效果是來自隱喻與日常一般觀念彼此對比參照之下所顯出的指涉作用。一般語言及通稱的「陳舊隱喻」(dead metaphor) 往往十分乏味，無法令人對論述的指涉感到興趣，或者已變得司空見慣，不再令人有新鮮感，如「金錢是力量」或「知識是力量」，以及各種浪漫節日的商店特賣廣告，一再以愛與玫瑰的比喻關係去推銷成打的紅玫瑰便顯得了無新意。事實上，隱喻變得通俗之後，如以花去象徵女性（「花開堪折直須折」或「女人四十一枝花」等），一用再用之後，便喪失了隱喻的創意，同時也不能引人入勝，發現到不尋常的意境，改變對事物既定的看法。隱喻震撼人心的作用因此是在開創出向所未有的觀點及意義，顯得與一般習以爲常的普通說法大不相同，突然引起讀者或聽衆的注意。布拉克以邏輯文法的觀點，企圖描述隱喻的語意作用，將隱喻與普通見解的系統相互對照，透過既定的規則去探索新意義的產生過程及其心理作用。布拉克的貢獻是在心理語言學及語意學上有所突破，但他的研究似乎老是以文法這個過濾器去檢查隱喻的新、舊成分，反而使新的創意奠基於一般被接受的規則上。他的方法因此是實用而瑣屑式的選擇與描述，對文學的隱喻及其新義便顯得有點捉襟見肘，因爲文學隱喻往往是以多義性的方式，同時暗示多層意義，無法就某一層面的指涉及其邏輯模式去分析，更何況文學論述瀰漫著「混合隱喻」，不只運用一個隱喻，還將兩、三個隱喻結合在一起，如莎士比亞的哈姆雷特 (Hamlet) 便在他出名的獨白裡，說:「武裝自己，面對汪洋一片困頓，與之對抗，將它們整個消滅。」（《哈姆雷特》第三幕第一景，59至60行）一方面運用了軍事防禦的隱喻（武裝、對抗），另一方面則將煩惱、困頓比喻爲無法掌握、踰越的汪洋大海，儼然在千頭萬緒之中不知何處著手，人在一片煩惱之中像船員迷航一般，找不到出路。面對像這種複雜而比較有創意的隱喻表達，布拉克的隱喻學便無法窺其堂奧了，他的學說似乎只能用來說明一些比較簡單的隱喻（如「女人是蛇蠍」），而且將隱喻孤立起來去觀察。

美學家畢爾斯里的隱喻學則針對文學的多義性，提出合理的解釋。畢爾斯里區分認知與情感兩種語言，認知語言是邏輯性的直陳語言，而情感語言則以暗示去打動人心，梁啓超所謂的「筆鋒常帶感情」便是情感語言的一種典型。在情感語言（也能是文學或詩的語言）中，涵意透過比喩去傳達，言有盡而意無窮，或盡在不言中，而讀者則不斷以新的文化及語言經驗去體會論述的多重意義，因此隨著不同時代的讀者，隱喻隱而不顯的涵意便一再變換其脈絡，表達出新的意義。按畢爾斯里的說法，隱喻以其豐富的涵意將事物的屬性轉變爲意義，它乃是語意上的特殊事件，使得各種語意層面交會，透過脈絡的結合活動，創造出新的意義，如李商隱的詩中，蠟燭彷彿愛人惜別掉淚一般不斷將蠟燃燒殆盡，留下傷心的痕跡，同時也爲海誓山盟醞釀出淒美、朦朧的氣氛，放射出絢麗但卻短暫的光芒，爲無望的愛情譜寫「夕陽無限好，只是近黃昏」的悲歌，映著外面世界的黑暗與冷酷，勾勒出愛人在燭光下的溫馨擁抱及其無助感。而我們後世的讀者從這個蠟炬成灰的隱喻又重新體會到那股愛情的火焰及其淒迷的光景，閱讀經驗也是一種隱喻創造，是重新去取代、替換的心靈活動，並且在回味此一隱喻時，又將它吸收進自己的生活經驗與語彙之中，使隱喻繼續發展其生機。

里柯雖然吸收了布拉克及畢爾斯里等人的隱喻學，卻明白指出他們的缺失，認爲他們仍未能闡明隱喩何以能開創新局，在語意及重新描寫現實上有所發明。另一方面，他也批評結構主義者將意義與概念的系統變成純粹是字詞的選擇、組合，使字詞顯得特別重要，而忽略了語意的論述活動通常是比字詞的形、音、義要素及其結構更爲複雜，以結構或形式主義的觀點去分析隱喩，因此往往區分普通語言及美感語言，將美感與一般語言對立，而把隱喩所塑造出的意境看成是一種美感假像、虛構的現實，本身有其自主性，彷彿與眞實世界沒有任何關係，除了彼此對峙之外，並不會產生互動，完全是現實社會之外的「異數」(otherness)。如此一來，隱喩在日常生活與語言運用之中的作用便遭到忽視，同時這種字詞結構的研究也無法分辨活鮮隱喩與陳舊隱喩之間的差別，更不能解釋隱喩對改變意義與豐富人生意境等方面的作用。針對結構主義的語言學，里柯擷取法國語言哲學家邊門尼的學說，拿他的語意學去與結構主義的符號學對照，提出句子爲主的論點，看待整個句子是語言創造意境的過程，不像結構主義者那麼側重字詞 (the word)。邊門尼的「論述」見解不只考慮到論述所構成的文字現實世界，同時也照顧了論述的說話人、位格、人稱、時式與時間變化等，而且是用「我與你」的論述架構去分析具體的溝通行爲，不致於像結構主義者那麼以「他」或第三人稱「非人格化」的方式去作客觀描述。以邊門尼的語言哲學去彌補替換隱喩學的漏洞，立刻將隱喩從平板的替換提昇到富於意義創造的具體溝通之中，與說話人（或作者）的論述意義如何落實此一過程密切配合，而且也能藉此由全盤性的句意及論述意義去探究隱喻所開展出來的意境，判斷隱喻的好壞，有些隱喻表達（「椅子的脚」等）便在這種標準下顯得了無新意，而與文學隱喻仍能繼續發揮其新解意義的情況相當不同。

當然，隱喻並不是將兩種毫不相干的東西湊在一起，亞里斯多德說過：「發明隱喻的天才即在於能看出東西的類似點」，也就是有本領在差異之中發現到相同成分與特質，而且道出他人所未曾或未能道出的「物之眞相」，隱喻與想像思維的關係因此也是研究隱喻與意境必須討論到的主題；然而，過度強調想像思維的重要性卻難免要陷入浪漫主義的困境，變成一種自由聯想的唯心論，而忽視了隱喻得透過並超越文字成規去開拓事物之間的類似性。如何避免結構主義者的抽象體系，或者邏輯文法學者的瑣屑細節，而又不至於像浪漫詩人那麼充滿自信，以爲一切意境唯心所造，便成了隱喻學的難處了。事實上，里柯力求折衷，刻意提出隱喻與意境開創、重新描寫現實的關連，在他的論述過程中也未能解決這個問題。

里柯在隱喻的替換及移換理論之中，選擇了移換理論，一方面強調喻旨與喻依的互動是在整個論述過程之中完成，而不只是在字詞（大致上，名詞爲主）裡，另一方面則指出隱喻開拓新視野，改變現實觀點的作用。這種隱喻學的古典基礎是亞里斯多德，而現代語言哲學及美學依據則是來自邊門尼、布拉克、畢爾斯里等人的理論。里柯則更進一步想闡明隱喻開創意境的建構過程，並且將隱喻擴大爲認知的模式，不過他在這兩方面的嘗試卻顯得有過度膨脹隱喻之嫌，以至於無法明白劃分隱喻與其他比喻語言（如直喻、化喻、換喻、反諷等）的界線，而且也未能以具體的例證去說明隱喻如何改變我們對社會現實的既定觀點。在里柯的隱喻學裡，隱喻是一種打破範疇疆界，別創新局，以新的方式去設想「另一種存在的可能」(being as)，透過比喻存在的種種可能性之間的距離拉近，不同的論述因此交會，各種存在的意義在隱喻類比之中形成超越的結構，就地在已遭打破的範疇裡建立新的邏輯，就像鳳凰在化爲灰燼時又獲重生。然而，里柯在一方面對隱喻與存在、哲學思考架構與眞理呈現的模式、認知心理等課題的關連卻採取相當保守或保留的態度，而在另一方面，里柯又將隱喻視作是「我們藉以掌握關連性，打破觀念之間的距離，在不同的事物上建立其類似點的一般過程。」❸在這既保守但又抽象、過度膨脹的隱喻架構裡，里柯無法區分隱喻本身與隱喻作用，同時也不能作具體的分析，他的隱喻學便淪爲比喻及其功能的硏究，而不純是針對隱喻的修辭、語意層面去瞭解隱喻了。這一點正是他的隱喻學的功力及局限之所在。

強生在他的《心靈體現》(*The Body in the Mind*)也是以過度膨脹的隱喻學，去擴張隱喻與思想的關係，隱喻在他的觀點裡是一種意象結構的投射，將我們身體所感受到的經驗以及心理、思想上的概念整個關連並達到一種意義之間的平衡。他的理論在許多方面均比里柯的隱喻學顯得更有企圖心，而且更具開展性，因此道出不少里柯試

❸ "Word, Polysemy, Metaphor: Creativity in Language," *A Ricoeur Reader: Reflection and Imagination*, ed. Mario J. Valdés (Toronto: U of Toronto P, 1991). 83.

圖闡明但卻無法提供的觀點。強生早期與另一位語言哲學家雷可夫 (George Lakoff) 合撰了《日常生活中的隱喩》,❹ 卽針對習見而仍然相當活潑有力的隱喩(如「知識卽權力」等)作心理與哲學分析,認爲隱喩構成我們認知及表達的基本模式,也是最直接改變範疇疆界,而透過混合邏輯疆界,得到新的認知方式。這種論點在里柯的《替生隱喩》中可說俯拾卽得,並批評各家的貢獻與缺點。雷可夫後來在《女人、火、及危險事物》這本書裡,❺則繼續發揚隱喩作爲認知模式的理論,從認知哲學的角度,提出許多具體分析,證明人類思考的創造性是靠想像及身體經驗所發展出的隱喩及範疇去建構內、外在的對象,例如澳洲土著的語言將「女人、火、危險物品」等字詞放在同一範疇,藉這種分類方式,表達出他們的性別、社會分工的態度。在社會中廣泛流傳的刻板印象尤其充斥著各種隱喩的認知模式,如中文的「女人」是禍水。根據雷可夫的觀察,人類心靈的結構並非唯一使思考產生意義的基礎,反而是一種在思想未眞正運作之前的經驗結構(structuring of experience) 及依附在人身體經驗具體而微的意象結構 (image-schematic structure) 使意象得以呈現。

雷可夫從認知哲學去分析具體而微的隱喩模式,舉出一些有趣的刻板印象與邏輯範疇的例子,他的研究心得與

❹ *Metaphors We Live By* (Chicago: U of Chicago P., 1980).

❺ *Women, Fire, and Dangerous Things: What Categories Reveal about the Mind* (Chicago: U of Chicago P., 1987).

強生在《心靈體現》這本書中所強調的重點，就方法論與主要發現而言，可說是異曲而同工，彼此相得益彰。而且有關意義、想像及理性活動如何落實在人身體經驗及具體而微的具體結構上，強生可說是超過雷可夫，能就身體的平衡、度量、力道及循環等基本經驗，去探索認知過程中，抽象的意義（理性）如何與身體結構融通，透過隱喩的投射，發明意象經驗，轉化並吸收新知識以達到新的平衡。雷可夫與強生的研究與里柯的隱喩學可說是殊途而同歸，均側重隱喩改變既有觀點的作用，並對語意創新有所闡發，只是雷可夫與強生更具體而微的提出認知行爲上的論證，可以彌補里柯的不足之處。事實上，另一位學者馬克・可麥克（Karl R. Mac Cormac）也以類似的方式，融合了布拉克與惠爾萊特的理論，針對隱喩在認知心理上的作用，作深入的剖析。他認爲隱喩將不同事物關連在一起，在意義上藉著暗示與表達的方式達成一種語意上的失調，以至於進一步帶動新的假設，一方面促進認知過程，使之更加活潑，另一方面則在文化及社會中，導致語言及意義的改變，讓我們突然有了新的方式去說、寫出新的文化經驗。❻這些人的研究均補足了里柯的隱喩學。而有關隱喩想像與認知模式的問題，最近有些跨文化研究者與人類學家紛紛批評隱喩的濫用情況，指出雷可夫、強生等人將隱喩過度擴張，以至於隱喩與其他象徵或比喩方式混淆

---

❻ *A Cognitive Theory of Metaphor* (Massachusetts: M IT P., 1985).

不清，造成了描述及分析架構與疆界上的困難。❼因此如何去巧妙運用隱喻想像，拿隱喻作爲認知模式的一種特殊方式，並且明白隱喻的限制，進而超越隱喻模式，合併運用其他比喻模式去從事文化與社會研究，便是里柯的隱喻學面臨的挑戰。

在隱喻想像與認知模式這個問題上，里柯其實是繼承了亞里斯多德與康德的美學觀念，因此之故，他無法在隱喻學中容納尼采、海德格與德希達等人的隱喻見解。康德在《判斷力批判》第五十九段裡便認爲隱喻不只比較兩個不同的事物內容，反而是「要超越直覺到的對象本身，將針對此一對象而起的反省轉化爲與此對象完全不同的概念，以至於當初的直覺無法再直接與此概念彼此對應。」也就是說，隱喻帶來思考上的跳躍，產生了想像的投射，踰越兩件事物本來的特質及其疆界，創造出新概念、新知識。然而，根據尼采或德希達的見解，這種新概念卻因爲隱喻「褪色」或死亡才問世。隱喻在西洋的形上學(metaphysics)因此是不斷被「直陳」的眞理壓抑或排除掉的「異端」分子。所有的哲學家均用隱喻去比喻眞理，但是隱喻只是「因指見月」的方便之門，並非究竟的眞理，眞理反而要揚棄隱喻的華麗夸飾及其浮而不實的虛構，這種例子在《道德經》及佛經中到處可見，而最有趣的是莊子一方面強調「道隱於小成，言隱於榮華」(<齊物論>)，儼然繼承了《老子》「爲道日損」及「信言不美」

❼ James W. Fernandez, ed. *Beyond Metaphor: The Theory of Tropes in Antropology* (Stanford: Stanford UP, 1991).

的傳統，但在另一方面卻廣泛使用隱喻及比喻，如《莊子》最著名的「朝三暮四」或《老子》的「三十輻共一轂，當其無，有車之用；埏埴以爲器，當其無，有器之用；鑿戶牖以爲室，當其無，有室之用」，以隱喻去說明道的運作或本質，在〈天下篇〉，莊子更是被說成是隱喻特多的哲學家：

> 莊周聞其風而悅之，以謬悠之說，荒唐之言，无端崖之辭，時恣縱而不儻，不以觭見之也。以天下為沈濁，不可與莊語，以巵言為曼衍，以重言為真，以寓言為廣，獨與天地精神往來而不敖倪於萬物……

哲學家既用但同時又貶隱喻，在中西哲學史中屢見不鮮，德希達因此推論說西洋形而上學史是隱喻沈淪，褪色的歷史，由隱喻到形上學的變化即是隱喻被拋棄的過程，而有趣的是連黑格爾在這種概念上（Aufhebung「揚棄」）也運用了隱喻的說法。

哲學概念往往是透過隱喻去表達或具體呈現，然而一旦哲學概念成爲抽象而理性的意義時，隱喻便被說成是奢侈、膚淺、誤導的修辭手段，必須「揚棄」，因此適當的意義是用直陳、簡單的方式才能說明，隱喻只構成不當的意義，不是不足便是過多，使人遠離眞理。從柏拉圖到黑格爾，西洋哲學家無不如此，不斷將眞理的直陳模式先透過隱喻去演繹，然後再把隱喻「損之又損」，以至於隱喻整個消失。德希達稱這種既用又損隱喻的現象是貨幣作用，貨幣本身像是隱喻，但是貨幣的作用卻在於它所代表的意義（價值），貨幣愈被人使用愈損害，以至於它上面的符號、雕紋只具有金錢上的意義，而不再有其本身的價值。事實上，那些雕紋愈磨損或愈遭遺忘，它的使用價值就愈高。雕紋這個可以感受得到的符號及意義很快便成爲象徵或抽象的意義，何種花紋及銘刻代表多少錢才是貨幣眞正的價值，人們也只關心這個抽象的價值及如何運用這個價值，很少對花紋及銘刻本身產生興趣。黑格爾的「揚棄」概念便是昇揚有意義的成分，將之提昇到精神的層面，而拋棄當初的不當意義。「揚棄」便是一種運用並磨損貨幣的哲學，將原來的花紋、銘刻磨損掉後，使物質（物理或本身的成分）轉化、昇華爲精神，邁入理性辯證中，逐漸理念化，愈來愈遠離當初的隱喻及其感性基礎。這種理念化的過程是貨幣不斷流通後銘刻褪色、貨幣變成另一種價值的過程，也是哲學忘記其本源的過程，在這種褪色的過程中，哲學儼然成爲獨立存在的眞理，是浴火鳳凰，在隱喻的死亡之中，獲得新生而且從此不朽，不食人間煙火，德希達稱這種「忘本」的褪色，去隱喻過程爲「白色神話」，白色一方面指隱喻磨損、褪色，成爲不具色彩的精神理念，另一方面則「暗示」西洋形上學是一種無傷大雅的謊言，號稱本身是眞理，卻忘記了眞理其實是假象，只是褪了色的隱喻，已經不再能對人類的具體感受產生作用，就像貨幣被磨光了，轉化爲勳章。換句話說，西洋哲學論述雖然充滿了隱喻，卻透過宣佈隱喻的窮途末路，表達成直陳的眞理，但是矛盾卻在哲學論述依然無法擺脫隱喻。

德希達繼承尼采、海德格的哲學，試圖解構西洋哲學的理體中心主義，因此以隱喻的磨損去說明哲學論述的內在矛盾，分析形上學如何一方面依賴隱喻，但又要去宣布隱喻的死亡，在消除、抹煞隱喻時建立其理性或抽象的精神概念。他以巴士為例進一步說明隱喻如何含納、搭載哲學乘客，但是巴士所留下的軌迹，卻在哲學論述到達目的地時遭到遺忘、抹除。里柯針對這種說法則認為德希達誤解了哲學論述中的褪色或已不再有新義的隱喻，因此未能深入討論哲學運用褪色隱喻進一步達成的語意創新及新境界的開創，以至於隱喻不但未遭拋棄，反而提昇到嶄新而活潑生動的隱喻，便利哲學論述去處理新的知識問題，所以里柯說：「因此並非隱喻提携了柏拉圖形上學的結構，反而是形上學抓住了隱喻的過程，以便形上學順利進行」（《活喻》294～295），也就是說形上學也透過轉變隱喻，將不再有用的隱喻提昇為活潑的隱喻，進一步使得隱喻的生命繼續在哲學論述之中延綿，同時也使得形上學的問題進一步展開新格局。

然而里柯的隱喻再獲新生論其實正是德希達所質疑的哲學論述之中的理念化此一活動的產品，哲學（尤其形上學）吸收了隱喻，將隱喻推展為新的哲學隱喻（如「揚棄」）恰好把原來的隱喻加以壓抑、轉化，固然這是里柯所謂的「隱喻被吸收，然後又回到隱喻」，但是新的隱喻卻用來服伺哲學，由類似犀牛角從犀牛身上切下來後，成了中藥，在人身上發揮其作用。我們並不能因為犀牛粉末繼續在人身上起作用，便推論說犀牛活在人身上，很顯然犀牛已被支解、重新加工、遺忘了，而由於被遺忘及重新調製，犀牛的某些部分才讓中醫的某種學問及實踐獲得新生機。德希達卽是要我們留意隱喩重獲新生的這種說法，他的關懷其實與里柯的重點並不屬於同一範疇，而且里柯的理論正是德希達所要批評的「白色神話」。❽蕾德芙（Michel le Doeuf）曾以培根的哲學論述，去分析他的比喩：哲學家有好與壞兩種，就像女人有淑女與妓女之分一樣；唯物論的哲學家像螞蟻，只會堆積經驗材料；觀念論的哲學家則如蜜蜂，在採集花粉之後，能造出蜂蜜。蕾德芙指出培根在他的比喩裡暗含特殊的性別政治，也就是女人有兩種，一種是可娶回家的賢妻良母，另一種則是玩票而不忠實的女人，在培根的心目中女人是沒有什麼自主性，因此無法在男人的理性及性欲之外，以其他方式產生意義。根據蕾德芙的分析，西洋的哲學論述之中充斥了這種比喩及隱喩，使得哲學一再對女性有錯誤的印象，以至於不斷壓迫女性的理智活動，讓她們在科學及歷史上幾乎完全失踪❾。

以蕾德芙的見解，去重新瞭解里柯對德希達的批評，

---

❽ Jacques Derrida, "White Mythology: Metaphor in the Text of Philosophy," *Margins of Philosophy*, trans. Alan Bass (Chicago: U of Chicago P, 1982) 207～71；另外他在1978年6月1日於日內瓦大學也宣讀了一篇 "The Retrait of Metaphor".

❾ "Ants and Women, or Philosophy without Borders," *Contemporary French Philosophy*, ed. A. Philips Griffiths (Cambridge: Cambridge UP, 1987) 41～54; *Hipparchia's Choice: An Essay Concerning, Women, Philosophy, etc*. (Oxford: Blackwell, 1991).

我們反而會認爲德希達對隱喻的觀察所得在文化及性別政治上有其不可抹滅的地位，因爲我們不只得明白隱喻對構成新認知，造成語意與意境的創新，或藉此產生「重新描述現實」的作用之外，也得注意隱喻如何在消失其本色而繼續被挪用，開展其新生命的過程裡，構成新的問題，以至於「眞理」與「虛構」的距離整個消除，使某種眞理被一廂情願地接受，而遺忘了隱喻受創及消逝的軌跡。

由於里柯一方面過於膨脹隱喻作用，另一方面則只側重語意創新以至於忽略了新隱喻被挪用的歷史與動機，他的隱喻學雖然發揮了亞里斯多德的詩學及修辭學，闡揚了許多現代隱喻學家的理論，而且有許多突破，但是仍待補充與修正。誠如他所說的質疑詮釋學需採用「尼采的衍生學、佛洛伊德的精神分析、馬克斯的意識形態批判。」(《活喻》285) 他的隱喻學也得吸收來自至少這三方面的隱喻思想，不只是把詮釋看作是意義的擴展及重新體認，更應看待詮釋是挪用 (appropriation)、自我剖析及解構的過程。

第六章

《時間與敘事》：里柯的三度模仿及其問題

里柯早期從現象學及存在主義的硏究開始，中期的著述主要是針對結構主義，試圖將結構分析及描述方法加以深化與歷史化，因此就精神分析、詮釋學、隱喻學等主題分別闡揚瞭解的意涵，晚近的作品之一是《時間與敍事》(*Temps et Recit*) 三册，基本上是把前兩期的論點融入敍事理論的分析架構裡，重新探討文化、歷史的時間體現方式及其價値。

在《時間與敍事》裡，里柯很明顯的是想繼續海德格的哲學，去追究歷史與時間如何透過情節、敍述、回味的活動，具體在敍事文本上呈現、再現，進而形成文化想像的累積作用，化爲意識歷史的一部分。人類的存在因而是一種「創造故事、歷史」的活動，是在時間的歷程上不斷進行語意、文化創新的行爲，並將此行爲加以表達。對海德格來說，人的存在是邁向未來及結束的過程，中間充滿了關心與焦慮；對里柯而言，時間並不意味著結束及流動而已，反而是要人從中找到情節、目標、理由、機會，將它們整合起來，產生新的活動，在歷史上寫下新的一頁。歷史遂成爲故事及敍事體在三層次上形成及重組的過程。

里柯在《時間與敍事》第一册裡，提出三度模仿的看法，主張文學作品在文學史裡至少有三個層次的模仿：首先，是作品的創意得來自對此一世界的預先瞭解，能把握其意義結構及象徵資源，乃至人類活動世界的時間性格；其次，是作品以其情節結構將一連串的事件組織爲可令讀者理解的整體，有其布局、主題、思想，能以形構巧妙去別出新裁；最後，是讀者以歷史情境所賦予的「成見」(prejudice) 去瞭解、詮釋作品，重新玩味由第一層到第三層模仿的循環及其中牽涉的時間過程，以個人的體驗去印證、闡揚、拓展作品的世界，並與作品對話，接受作品的挑戰，進而擴大視野，開創作品的時間新面向。里柯稱第一層次的模仿爲「預期形塑」(prefiguration)，其中主要是對世界及其意義的「實際瞭解」，也就是對敍述者及聽衆之間的情境、機構、目標、手段、相對關係、搭配、矛盾及成敗有預期的掌握同時又加以轉變，表現出敍述者（作者）的處世態度與觀點，能以有意義的表達方式去運用文化象徵的資源。第二層次的模仿涉及里柯所謂的「具體形塑」(configuration)，包括如何以細心經營的情節、敍事觀點、語言、意象、文本設計去把文本世界整個鋪陳在讀者面前，透過新穎構想，引人入勝去欣賞文本世界的景觀，與之交感，受到潛移默化的效果。第三層的模仿是「重新形塑」(refiguration)，讀者用自己的實際生活、歷史、美感經驗去體會、重新回味及塑造（再創造）文本世界，與作品形成關連，同時也由作品帶動，改變自己的經驗及觀點。因此作者與讀者在文本裡相會，敍事體的情節與其律動整個在讀者身上轉化爲另一個生命，由他去繼續拓展文本世界的歷史、時間，以讀者在另一個時空中的存在去重新發明文本的意義及其指涉 (reference)。

這三度或三層次的模仿彼此構成一連串的循環，讀者所重新發明的意義再度成爲實際生命的體驗，化爲第一層次的模仿，又可能落實在嶄新的意象、主題、情節上。最出名的例子是塞凡提斯 (Cervantes) 的《唐吉訶德》(*Don Quixote*)，主角唐吉訶德嗜讀中古騎士傳奇故事，他對時間的差距絲毫不留意，以致於將周遭的人物全看成書中的角色，鬧了種種笑話。這種時間與世界觀的不對稱正好是文藝復興時期由階層社會與政教中心邁向分化及新主體文化中間的過渡情景。唐吉訶德的「重新形塑」看似十分可笑，而且動輒犯錯，實際上卻是一種新的「預期形塑」，構成作者對新世界、新現實的實際瞭解 —— 時空錯位感。以前是對的，現在已成了問題，甚至於是荒謬的災禍。以一位書呆來描述社會新秩序尚未形成之前的動盪及焦慮，這種人物設計正好巧妙表達了這個時代的困境。因此，這三度模仿結合無間，不斷向文學史及歷史推進，從作品到行動（from text to action），展開在新時代、時間中的新意義。

一、預期形塑（prefiguration）

在第一層面的模仿階段，有許多里柯早期討論過的詮釋學課題，如「成見」（prejudice）、瞭解的有限性及瞭解者在時空上所構成的距離，整個以「實際瞭解」的詞彙重新出現，在某種意義上反而變得更加抽象，雖然似乎含蓋面更廣泛些。不少學者因此對里柯的理論提出批評，認爲他所作的總整理大而不當。以後現代小說來說，里柯的敍事論可以說是完全不適用，理由是里柯的「實際瞭解」基本上是要理性發揮掌握社會現實的作用，與大部分的後現代主義者發現社會現實已喪失其主體性，甚至淪爲片斷、局面、隨機而起的現象，在觀點上便南轅北轍（見 *Clark* 152~54）。不過，如果我們將「實際瞭解」與敍事活動看作是一般日常生活中必須進行的程序，那麼在後現代的環境裡難免也要對周遭的事物作定位與認知（mapping），因此也牽涉到某種方式的瞭解與敍事。

據里柯說，情節是建立在敍事者對活動世界的預期瞭解上，「對此一世界的意義結構、象徵資源及時間面向有所掌握」（*Time and Narrative* 1：54）。結構是情節的第一要項，因爲情節是動作、行動的模仿，首先是以結構的方式去體認行動；其次是就此行動的象徵促成過程深入瞭解其意義；然後才將此行動表達出來，而在表達的過程中便呈現行動的時間面向，也就是行動得透過時間去描述，同時也得費時去體會那種敍事的必要性。

敍事活動是雙向的活動，一定有敍事者及其聽衆或讀者，因而是彼此互動的行爲，在這種雙向溝通中，敍事者對行動背後的動作者（誰？跟誰？相對於或反對誰？）、目標（爲什麼？）、手段與媒介（如何？）、處境（在什麼環境下？）、矛盾、成敗得失等等均得表示某種態度及關懷。這種關注構成對行動的「思路網絡」，使得行動暗含目標，而不只是單純的物理運動，由於這種思路網絡，行動遂指向他人，與他人互動，顯示要促成或阻擋他人的用意，進而導致他人及個人的幸或不幸等命運的轉變。整個掌握這種思路網絡的能力便是里柯所謂的「實際瞭解」。在結構上，實際瞭解以順時與逆時的選擇與組合，建立起目標、手段、動作者、環境等的意義關係，將行動的意義加以整合與實現。里柯承襲了結構主義者的敍事論，但是他一方面強調動作者、行動及其後果之間的情節連貫，另一方面則注意到整體連貫之中的多元變化，因此針對結構主義者的忽略歷史這一點特別提出敍事的時間性 (temporality), 以海德格的存在現象學去彌補結構主義。就縱軸的選擇素材而言，情節上的連貫使得選擇的順序一方面是順時 (synchronic), 另一方面則是有前後的關連，因此具有歷史及時間面向。至於橫軸上的組合難免是以前後的順序形成時間感，但是這種歷史性也可在重新敍述故事或重讀、逆讀之中呈現歷史的可倒逆性。以這兩個軸所形成的意義結構來說，情節可以說是對行動的預期掌握及轉變，不只是對語言結構的「履踐行動」有所理解，同時也深入情節變化的文化傳統中。

里柯所說的文化傳統即是預期瞭解所掌握到的象徵資源，他心目中的象徵是如卡西勒 (Ernest Cassirer) 在《象徵形式之哲學》(*Philosophy of Symbolic Forms*) 提出的見解，也就是象徵形式乃是表達經驗的文化過程，同時他也採納人類學家吉爾滋 (Clifford Geertz) 的論點，認爲意義深藏於行動之中，可在社會互動的其他行動者身上找出其象徵意義。整個說來，這種象徵形式是象徵中介促成 (symbolic mediation), 也就是吉爾滋所說的「互動象徵之系統」、「彼此活動的意義形式」的架構。例如要瞭解某一文化儀式，我們得將它放在整個傳統、信仰、機構中去加以定位，以此一文化的象徵架構去理解它。因此，在我們眞正理解象徵之前，此一象徵已在內部經過其體系的考察、認定，將它與某一種行動加以關連。換句話說，象徵有其內在規則，可以透過詮釋去讀出其規範及其生命方向，得知它與道德、風俗、倫理價值的關係。里柯特別強調象徵的倫理價值以及象徵所構成的倫理欲求，因爲敍事體所虛擬出的世界往往對這個世界的價值判斷及社會行爲產生潛移默化的影響，如果純粹把價值看成是中立的，那麼敍事體或文學作品的虛構現實、提出另一種可能性等等含混、複雜的作用便無法交待了。基於這種信仰塑造(the shape of belief)、移風易俗的作用，里柯認爲預期瞭解的象徵中介促成過程是行動的主要特徵。以這種方式，他將亞里斯多德《詩學》(*Poetics*) 中所提出的淨化作用進一步演繹，將模仿 (mimesis) 與信以爲眞 (make believe) 的信仰塑造與情節精營 (muthos) 關連起來，探討情節的倫理層面。

實際瞭解的第三個面向是模仿活動的時間面向。敍事的活動是在時間中發生，而經驗本身也是在過去、現在、未來三個時間階段中逐漸形成、產現其意義、要求敍事者加以表達。里柯在這個面向上主要是依據海德格在《存有與時間》(*Being and Time*) 裡的說法，認爲人的存在是一種「在此世的存在」(being-in-the-world)，其結構本身是無法以主體對客體的方式去理解，而是以關注 (care) 的方式去瞭解這個邁向另一端的存有，無法在本身的存有及其時間性之外去理解它，這種身處於時間之中，發現自己不斷朝向未來及死亡，親身感受到這種眞實的時間存在，過去、現在、未來不再清楚劃分，反而是以辯證的方式把未來、過去與現在統合起來，從而產生對時間的關注，如海德格所說，「說『現在』便是以論述表達創出現在的活動，以回味的等待達成整體，將本身加以時間化。」(《存有與時間》469) 這種回味等待所構成的現在便是人類存有一直進行的關注與對本身所經歷的瞭解與敍事活動。

總結起來，預期形塑是敍事者對有意義的行動在語意結構、象徵系統及行動本身的時間性有所掌握，並拿這種瞭解當作創作、敍述活動的資源，如下圖所示：

圖一 第一層模仿

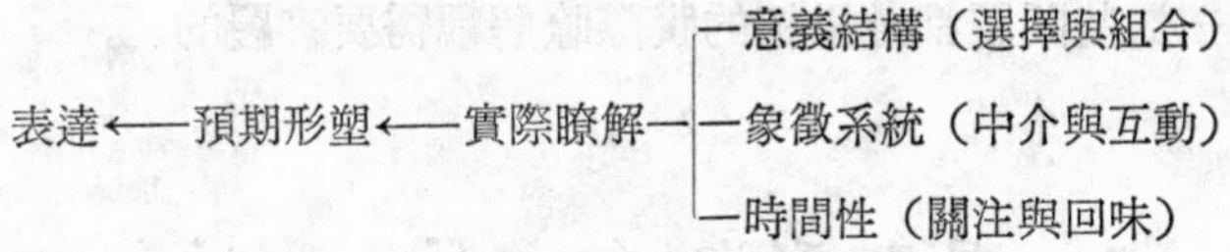

表達←──預期形塑←──實際瞭解─┬─意義結構（選擇與組合）
├─象徵系統（中介與互動）
└─時間性（關注與回味）

當然，這種預期形塑的見解難免要假設事件的有意義結構，並且是以整體的一貫性去理解單獨事件或片斷的「完整性」及其價值，所以里柯並不欣賞後現代的敍事方式，對他而言，毫不相關的片斷及喪失中心感的零碎事件只是等待意義出現的過渡而已，作品終究要從不協調、矛盾之中得出和諧及一以貫之的意義。時間的淩亂是與敍事秩序無法並存的，只是「詮釋暴力」的結果（1：72），需進一步去完成。由於這種見解，許多現代、後現代主義小說的創意便變得無法理解，只淪爲暴戾。同時，里柯也刻意將對經驗的實際瞭解與敍事活動並置，敍事者對故事的瞭解從語意結構、象徵中介、時間性各層面上均有十足的掌握，如此一來，讀者何以會對此一敍事體感到興趣？讀者如何以他（或她）的方式去領受作品，重新組構或者質疑及斥駁作品？又怎麼斷定有些作品是可讀或不可讀？又如何擴充實際瞭解的廣及深度，讓一些非正統象徵體系、意義結構、時間面向（如魔幻寫實、女性小說、殖民論述等）

得以進入敍事體的空間，爲讀者所接受？除了正統而一貫的實際瞭解之外，是否有其他方式的實際（或非實際）瞭解？是否可推展出其他種的閱讀(alternative reading)，或將歷史重新檢討，去追溯、回味過去歷史裡被壓抑、迫害、殖民、驅逐、扭曲的，並呈現出現在之中的多重不均發展，析出時間性底下的歷史性（或不能被呈現的歷史性）？……這些問題都是里柯的實際瞭解觀需要答覆的。

二、具體形塑（configuration）

「第二層次的模仿是虛構、想像的世界，也就是事件得以透過情節的巧妙安排，形成一貫的條理，吸引讀者以他從所未見的方式去發現另一種可能世界（as if）的眞相。這一層的模仿是文學批評（尤其形式及結構主義）談得最多的主題。不過，里柯並不只是要專究情節的匠心獨運而已。他想提出第二層模仿，介於第一、三層模仿中間，來分析虛構（fiction）如何發揮虛構敍事之前及其後之間的中介作用。情節是具體形塑過程中的一大要點，里柯視情節爲零星事件化爲整體，多元因素（如動作者、目標、手段、互動、環境、意想不到的結果等）得以結合無間並且在時間面向上產生由開頭到結尾融會貫通的意義。在亞里斯多德的《詩學》及許多形式主義者的著作裡，由開端到結束的事件安排往往是不具有時間面向，如新批評家便常以空間形式、建築、意象的統一、反諷的結構等等去討論這種情節變化，里柯特別標出時間面向，表示故事從頭到尾邁向時間的順序，然後再經過追溯往事至塑造未來這種時間變化，以至於讀者又在另一個時間、空間裡去回味、重新開創故事的開端到結尾，這多重的時間面向確實不容忽視。

具體形塑的作用是把細節及零星的事件整合成有意義的故事，將多重的事件融入一個時間面向裡，也就是把不同的或矛盾的化爲和諧的一體，這種見解不僅僅融通亞里斯多德的情節結構論及奧古斯汀（Saint Augustine）的時間觀，同時也吸收了現象學美學及讀者反應的理論，把讀者的時代及閱讀過程中的變化（由預期、感到意外到滿足或恍然大悟）都放在時間的面向裡作較全盤的分析。除了這些理論外，里柯也運用了傅萊（Northrop Frye）有關故事、主題及類型、柯默德（Frank Kermode）的結束感等理論。傅萊以文類、主題、模式、神話等類型去分析作品在整個文化的創造想像裡的意義，並且以通變的觀點去探討傳統，使傳統成爲情節變化的中介，凸顯出個別作品在歷久彌新及推陳出新之間的通古今之變。由於這種通變觀，情節與時間密不可分，彼此相互賦予新面向，在復古及創新之間，不斷形成新的張力，也在新讀者的溫故知新經驗裡，獲得新生命。至於柯默德的結束感是指敍事體的結束點往往產生結構上的結束作用，使讀者在故事的結尾理解到敍事體的終極目標，將事件與敍事目標加以關連，因而於這種全盤的瞭解中產生對時間的新觀感。以傅萊及柯默德的敍事理論作架構，情節與主題、思想便形成三位一體的結構，同時也使得情節與歷史通變的過程密不可分，一方面指向過去及敍事體的開端，另一方面則展望未來及故事的結尾，啓發其新的時間面向。這種說法既立足於傅萊、柯默德等人的神學、神話及敍事理論上，顯示出敍事體在宗敎、象徵、儀式、文化上的意義，另外也與俄國形式主義者所提出的文類及文學史律動變化的見解相得益彰，使得作品的新穎創意及作品在文學史的地位透過情節安排呈現。

里柯的具體形塑見解主要是來自明克 （Louis O. Mink)的《史學瞭解說》(*Time and Narrative* 1：155~61)，只是把這種史學觀點擴大成爲所有敍事瞭解的範圍。由於具體形塑的觀念大致上是想解釋作品在歷史、時間上的通變，其他形式、風格、結構、意象的細節便不是里柯的關心所在。他採用傅萊、柯默德的看法，去補足亞里斯多德的形式主義，表面上是構成了敍事體的時間面向，但是傅萊的時間觀是周而復始的循環，而柯默德是直線形的終點及目的論，這兩個人都預期敍事體有其終極歸宿(telos)，不過，兩個人在取向上並不盡相同，事實上柯默德的終點感與傅萊的周而復始說互相矛盾之處多於其相似點。另外，在風格演變及情節細部分析上，里柯的第二度模仿顯然是相當貧乏，俄國文學理論家巴赫丁(M.M. Bakhtin)結合馬克思主義與形式主義所提出的論述文體分析，以衆聲滙雜 （heteroglossia） 作爲小說的特色，探討敍事者與各種小說人物之間聲音、意識形態、階級與歷史意識的交流與對話，似乎更能深入情節與歷史通變，不至於像里柯那麼抽象（見 *Dialogic Imagination*, 尤其最後一章）。

里柯談到通變過程中傳統沈澱累積及反沈澱的推陳出新兩種活動，大致上仍是以傳統的成規爲標準，所有的變化或歧異都是「由規則統轄的體制中轉生出」(rule-governed deformation)(*Time and Narrative* 1:69)。這一點是里柯與伽達瑪 (Hans-Georg Gadamer) 相當一致的地方，懷特 (Hayden White) 因此在他的一篇論文便說里柯是將個人置身於傳統社群識體 (communality) 中，透過時間距離去建立其歷史瞭解 (*The Content of the Form*)，所以是一種「敍事性的形上學」(a metaphysics of narrativity)。目前的文學史理論正針對弱勢團體的論述，重新反省白人、基督教、男性文化爲主的大傳統，提出種種重新譜寫文化、政治差異的策略，這種新文學史觀在晚近出版的《新法國文學史》(哈佛大學出版社)、《哥倫比亞美國文學史》及《哥倫比亞美國小說史論集》(哥倫比亞大學出版社) 等，以及一些以女性主義觀點或非裔、中南美裔、亞裔論述及後殖民論述的方式去重新檢討「傳統」及「歷史」問題，闡揚女性在男性傳統中或黑人作家在奴役體制下的文本作爲 (textual practices)。這些較具批判及反省性的論述比較難在里柯的模仿論裡見到。原因之一是里柯選擇了伽達瑪的詮釋學及伊哲 (Wolfgang Iser) 的讀者反應美學。

事實上，除了伽達瑪、伊哲之外，魏曼 (Robert Weimann) 及堯士 (Hans Robert Jauss) 所提出的「轉化」(appropriation) 及「領受美學」(reception aesthetics) 可能對情節在時間面向上如何吸收他人、異時性，並加以轉化、內在化的現象，作更活潑有緻的描繪，同時也可擴大其理論，去配合弱勢團體、有色人種的新歷史論述或由外圍、由下層而起的文學史。魏曼的轉化、挪用理論一方面與伽達瑪的「效驗歷史意識」(effective historical consciousness）不相抵觸，均表示歷史及其傳統有其影響，而且此影響是透過對傳統的詮釋及發揚的過程得出；另一方面卻採較積極主動的態度，將吸收、選擇、挪用、化爲己有、甚至加以扭曲的可能性交給讀者與作家，如此一來規則統轄的範圍便縮小，文本與讀者之間的互動空間雖受歷史性、時間性的限制，卻不被決定或只就成規作小幅度的變化，反而是以多重轉化的方式，去削減傳統的權威，相當自由地運用讀者所領受到的文本及其世界。堯士的領受模式雖然不像魏曼那麼強調文本與讀者的自由互動，但他將重點放在文學史上所領受到的不同面向，藉此建立多種對話及挑戰傳統的可能性，效驗歷史意識因此並非以沈澱與反沈澱的方式達成，而是在文學史與時間中不同讀者的領受及他們對傳統詮釋的質疑過程與其產物。

例如李汝珍的小說《鏡花緣》前四十回是講唐敖的遊歷，有關海外各種島國文化的傳聞，不少是自《山海經》及明清時代的海圖或貿易經商的傳說故事，並且繼承傳統道教求仙的遊記文類，但是在李汝珍的轉化挪用之後，這些海外遊歷其實是針對滿清入關之後的種族問題以及中清時期西洋文化所造成的自我凝視（self-gaze），開始探討傳統及西化之間的內在疆界（interior frontier），也就是本土文化如何在自我孤立（顧影自憐）及與他人接觸（吸收西學）之間維持國家與文化認同的問題。因此，在黑女黎紅薇身上，李汝珍投射出複雜的文化、性別差異，一方面看待她是個令人羨慕的「中國通」，另一方面則予以「他人」（the other）的地位，表示種族、文化的差別。李汝珍雖用百花仙子下凡的故事，卻以這些女性去道出私下與大衆關心的問題，一有機會便大談聲韻，大規模的唱和，但是也不時觸及家國的文化、性別政治。在《鏡花緣》裡，遊記、求仙的故事及其傳統因此被多重轉化，同時在敍事的時間面向由天上到人間，由唐敖到唐閨臣，由合到離，由前世到今世……作種種轉化，彷彿是寫唐朝的事件，事實上卻是透過中淸的環境與關懷去重寫中唐的變化。這種轉化的過程及其中的政治諷喩（allegory）遠比里柯所持的傳承及通變要複雜多了。

總之，里柯在第二層的具體形塑以情節去綜合思想（主題）及人物（角色），並以傅萊、柯默德的敍事論，去補充亞里斯多德，拓展情節的時間面向。這一點是相當可取的，然而卻有其不足之處。以圖來顯示，這一階段的具體形塑是：

圖二　具體形塑

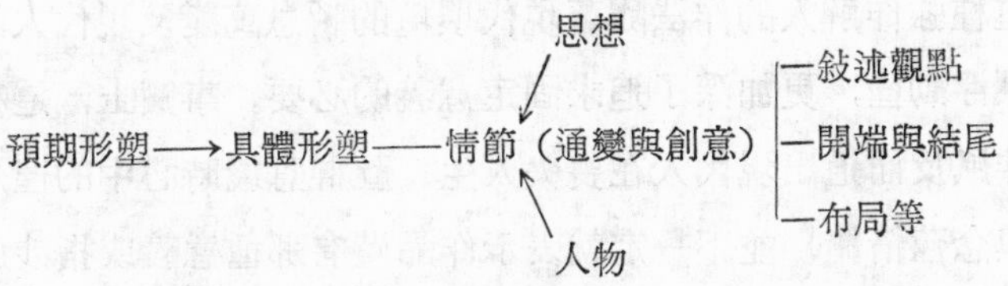

三、重新形塑（refiguration）

里柯正式援用伽達瑪的詮釋學是在第三階段的模仿

(mimesis) 這個部分，理由是重新形塑主要是想追溯敍事行動及其美感經驗，藉此完成作品由預期形塑到具體形塑之後的另一段生命 —— 在讀者身上的生命。這個部分也是文學史中最多人討論的課題，尤其敍事性(narrativity)及指涉 (reference)，也就是敍事體如何組構其眞實性並以特殊事件爲其敍述對象（如《戰爭與和平》中的戰爭是法1812年的大戰）。傳統的史學與文學研究往往不考慮敍事體與敍事性的關係，作品只是歷史文件，每一字句均有所指涉，例如晚近許多學者紛紛就《鏡花緣》這部小說中的國家、地理環境去找線索，一一加以定位。這種強作解人的作法是一種「詮釋的暴力」，也就是努力針對不成形的文本意義下功夫，使不成形、多元流動、無以捉摸的變成固定的意義，以至於忽視了敍事體的虛構層面 (as if)，以及這種虛構層面在時間、文學史上的變化。追根究底，里柯稱這種詮釋暴力是現代情境的特點，因爲現代人懼怕那些無法掌握的，一定要用科技、理性去創造秩序與意義，這種強作解人的作法隨著現代環境的瞬息萬變及現代人的飄浮動盪，更加深了追求固定意義的必要。事實上，這種作風反而道出現代人在喪失人生、社群意義時心中的惶恐與念舊情緒，並不一定就表示作品僅有那種意義或指涉而已。

當然，詮釋的暴力勢必要於詮釋活動中產生，因爲作者的權威已隨著文本問世而銷聲匿跡，只好由讀者藉助自己的閱讀經驗，去重新創造文本的意義。但是這種詮釋暴力並非隨興而起，或者完全主觀。與詮釋暴力相反但卻並行的是詮釋的累贅，也就是重新去捕捉原意或文本在具體形塑前的預期瞭解及其世界觀、文化脈絡，使第三層次的模仿（重新形塑）與第一層次的模仿（預期形塑）變成同一回事。在詮釋暴力與累贅之間，事實上存在著另一種懷疑的詮釋學（hermeneutics of suspicion），對詮釋者本身的歷史處境有所反省，同時也體會到詮釋的循環，由預先設定的前提到找文本證據去闡明此一前提，由全盤瞭解到部分細節，並由細節去印證全盤的瞭解，此一循環乃是詮釋活動必要的過程，而且這種詮釋循環是在文本的歷史性（historicity of the text）及歷史的文本性（the textuality of history）之間展開，❶一方面瞭解到作品流傳到讀者手上，是經歷過一番歷史程序，諸如收藏、保存、被傳統接受或排斥、各家評論、市場中流通的行情、及是否在學院中講授，納入文學經典，對文化產生影響等；而另一方面則知道這一段歷史或種種歷史是透過敍事體的方式，也就是以文本的方式，一直流傳下來，以至於構成歷史的現狀。舉例來說，如《鏡花緣》這本小說把明清時代的遊記傳聞搭配中國古代的傳說，套上道教求仙及明清才子佳人小說的模式，去諷刺滿清與漢人的種族問題，同時也探究中國在那時的文化、政治地位。這部小說經由《紅樓夢》、《兒女英雄傳》、《老殘遊記》這些小說的普遍流行，繼續被後人閱讀，看作是寄託之作，談女性地位，或某種心路歷程，在中國小說史上形成其地位，

❶ Louis Montrose, "Professing the Renaissance: The Poetics and Politics of Culture," *The New Historicism,* ed. H. Aram Veeser (New York: Routledge, 1989) 15～36.

而另一方面，這部小說也經由它的讀者，開創出它應有的影響（如曹雪芹在《紅樓夢》的十二金釵聚合賦詩，或郭沫若以《鏡花緣》的外國地理去瞭解二十世紀初的國際局勢），成爲歷史的一部分。里柯以重新形塑的時間面向及其詮釋循環卽是想說明文本的歷史性及歷史的文本性彼此交織的現象。

由閱讀過程中所掌握到的文本意義，是將作品的精心結構及其傳統重新形塑，以新的方式去體會這種結構及傳統，並加以「實現」，所謂的「實現」先是在想像中體會文本細膩的情節、思想、人物的意義，其次是將這種美感經驗放在讀者的經驗中，產生創造性的想像，超越敍事的限制，去添補作品的空白，掌握其絃外之音或尙未道出但又無窮盡的意境（「言窮而意無盡」），將情節及美感納入自己的生活之中，然後是去參與敍事體及其外面世界之間的交互活動，一方面吸收文本所提供的樂趣、美感、智慧，另一方面則去把閱讀獲致的心得拓展、實現在眞正的人生中，導致社會現實的轉變。在這種重新形塑的過程裡，讀者也進行積極、主動的構築情節活動（emplotment），也順著作品所提供的巧妙情節，進一步想像、添補情節，尤其針對其中朦朧、不明、未確定的空隙、漏洞或引人遐思的空間，作更明確、具體的回應。有關這種閱讀美學，伊哲講得特別多，而堯士也以讀者領受的方式去談作品之中的現代或眞確意義。這兩個學者的美學均把重點放在讀者身上，不過，伊哲的讀者是個努力從作品中獲取美感資源，受作品帶動，隨情節而變化，在內心形成預期，然後在預期無法得到實現時，重新糾正自我預期，逐漸深入作品的曲折及驚異結構，因而擴大視野，這種讀者是個不斷擴充，一直與作品展開對話，並接受作品挑戰的超級讀者，在性別、經驗、歷史性的範疇上大致上是從屬於作品的形式及情節，不必然顯出閱讀本身在時間、空間、歷史上的變化。相對於伊哲，堯士的讀者是個受時代、經驗界定的具體人物，他所注意的不只是文本的內在成分及其情節引人入勝的曲折變化，文學作品在各個時期經由不同個人的領受所產生的文學史及其流變反而是比較重要的閱讀面向。里柯接受伊哲及堯士的見解，認爲他們的理論大同小異；實際上，主要是以伊哲的閱讀理論去分析重新形塑的過程，他之會如此，大概是伊哲與他均認爲作品的情節整合一切，可以引導讀者發現到虛構世界，從而由想像化爲具體的美感與啓蒙經驗。

由於里柯認爲語言是藉文學論述及日常生活中偶而如神來之筆般出現的比喻與隱喻去達成語意的創新，使語言能更活潑有緻地傳達新經驗，指述新現實，他採用邊門尼（Emile Benveniste）的見解，將句子看成是論述的單位，而不只是字句指涉的總合而已。句子有其意圖及指涉，是具有現代事件性格及對話作用的表達。句子是某一個人道出自己同時又跟別人說話的事件，並且在句子中帶進語言的新經驗與他人分享，因此具有事件及對話的特性，是一種經驗，有其識域世界，一方面構成內在的識域（horizon），可以在固定的範圍內提供更多的細節及更明確的指涉，另一方面則句子的意圖及其所指可在識域世界中，與其他事物產生種種關連。將雅克遜（Roman Jakobson）的「語言學與詩學」溝通模式加以擴大，我們可以說里柯心目中的句子是:

圖三　句子的論述

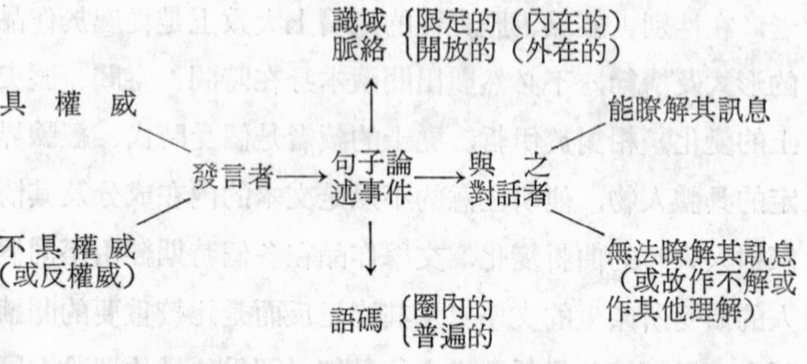

句子是由發言者針對另外的人發出的論述事件，發言人可因本身的經驗、性別、身分、社群認同、人種、年齡、階級、職業等具有權威或非權威性，使他（或她）的論述具有或不具有分量及有效性（validity），呈現不同程度的眞實性、誠意及力量；與之對話者也因自己的知識、階層、才能而可能理解或不理解句子的論述。在具權威或不具權威的發言者之間，當然仍存在種種可能性，如女性作家故意以反諷的姿態，採不具權威或假藉權威的名分，去質疑權威，發出內在爆裂或革命性的論述，對這些發言人，我們勉強可稱之爲反權威。其次，論述的接受者也可能故作不解或以操縱及反支配的方式，以另一種方式，進行笛雪透（Michel de Certeau）所說的「空靈虛術」（tactics）（見*The Practice of Everydey Life*第一章）。這種故作不解或作其他理解的方式，在被殖民者及次文化的論述裡最容易見到，有時反而是一種利器。

介於發言者與收受者之間是句子的論述事件，有其語碼（code），有時是用圈外人無法理解的術語、行話、方言等，通常是較爲普遍，別人大致也能懂得的語言。雙方是在事件及其指涉的脈絡及識域中交會，產生互動及彼此的瞭解，這個識域有其內在的限定及其明確的指涉，同時也可能與其他事物有所牽連，有其開放性的語意結構。因此，句子是將語言指向他人的活動及論述事件，讓接受句子的人領會到其意義及指涉，也就是由此一句帶來的經驗、及其世界與時間面向。在敍事體的虛構句子裡，這種經驗往往導致前所未有的看法，被另一種可能發生的事件所打動、驚嚇，覺得在現實社會裡很有可能會發生敍事體所表達出的虛構事件，因而一方面由自已在此世間的存在去感受到震撼，另一方面則以此一世間存在去進一步印證、體認，藉此擴大自己的視野與意境。正是這種一方面可以認同，但另一方面又聞所未聞的美感經驗，藝術有其神奇、類似宗教的啓發作用，使我們日常生活中所習以爲常的看法突然被打斷，被擴大、加深，進而會以新觀點去領受作品的世界，重新把這個虛構在另一個時間面向裡展現其意義，繼續去敍述、重新譜寫敍事體所構建出的事件，讓虛構事件透過我們在此一世界的存在，也變成此一世界的存在。

人在此一世界的存在自然是時間性及歷史性的存在，而這也是敍事體最主要的關懷所在，並且不僅敍事本身是針對時間，將時間當作對象，去闡明人類存在於時間中的焦慮、痛苦、關注及希望，同時敍事也是在時間之中進行，是在時間之中去掌握時間的意義。里柯於《時間與敍事》的二、三册裡，提出十分精密的分析，並以三部小說（烏爾芙的《達洛威夫人》、湯瑪斯・曼的《魔山》、普羅斯特的《往事追憶》）去詮釋時間在小說裡的地位與作用（第二册

100～52）。最後，仍以亞里斯多德、奧古斯汀為主軸，去反省由康德到胡賽爾有關存有主體的現象學，終結則以海德格的存有現象學分析虛構敘事與歷史的關連，將所有的敘事活動均納入時間與歷史意識的範疇，以這種方式結合了詮釋學與敘事理論（第三册207～74）。

里柯在《時間與敘事》的結論裡所說的其實是他一開始便建立的前提，整部書因此是詮釋循環的印證，亞里斯多德、奧古斯汀、康德、海德格，乃至各種大、小敘事體及歷史敘事都只是全盤瞭解之下及其中的部分，而這些片段又整個彙整在一起，支撐他一貫的主張。由於這種循環，一方面他得以建立理論，另一方面卻始終將敘事體看作是情節連貫，語意創新的時間敘事活動，而不能顧及反小說、後現代小說、後設小說、魔幻寫實或弱勢團體的小說，同時，他將歷史敘事與虛構敘事視作敘事體，說它們全都是有關時間面向的歷史意識掌握及敘述活動，如此一來，指涉的問題在史學文件上便成了開放性的語意結構，而歷史敘事在特定時間內的事件記錄也變成了與小說、詩歌無異的文類，這一點是史學家無法完全同意的。柏克（Peter Burke）最近在一篇文章裡便批評新歷史學者及一些採用文學批評觀點的史學理論家在材料資源、方法及解釋上有種種困難。❷

里柯的敘事理論雖然補足了結構主義的缺失，使學者注意到時間面向，但是全盤來看，主要卻有兩大問題，一個是他對敘事體的界定太過抽象，使各種敘事體之間的差

❷ 見*New Perspectiveson Historical Writing* (University Park: Pennsylvania State UP. 1992) 12～20; 233～46.

異無法釐清，傳記、日記、懺悔錄、傳奇、小說、歷史……全都是他心目中的敍事體，甚至包括日常生活中對存在的冥思及回憶都稱得上敍事體，並且在這種抽象的範疇裡，敍事體是追求一貫情節的活動，其他以片斷、異時並置的後現代及現代小說有不少遂被這種見解排除在外。另一個問題是里柯的時間是具有目的論的時間，不管是巨觀或微觀，大幅度（monumental）或個人（mortal），追憶到或遺失掉的時間，均在多重矛盾之中呈現其和諧、一貫的目標，這種統一的時間觀是在西洋大敍事體（grand narrative）所塑造出的同質性（homogeneity）及同質化（homogenization）過程的產物。在這種同質化的時間，西洋傳統變成唯一的準則，其他時間均被此一傳統消融，然而問題是在這種傳統的塑造過程（formation）裡，其他時間面向是被吞併、消滅，然後被吸收、轉化、綜合，納入正統之中。今天，我們要去探究敍事及其時間，文學及文學史，應該不只是看敍事體如何構成歷史及時間性，也得去思索、析出其中被排除、同質化了的時間及他人面向。

以《鏡花緣》爲例，傳統是以漢人的觀點去看唐敖、唐閨臣等人如何得道或解救大唐，但是這部小說如果只是以武后亂政來影射漢滿之間的衝突，或者以百花仙子去倡導新女性、新文化的話，除了天上及人間之差異，花仙及才女的不同境遇之外，我們還得考慮李汝珍對異國人士（黑齒邦、白民國、女兒國等）的描述，得重新去發明在挽救大唐及中國道統的大敍事體及時間下，其他被忽略、吸收、排斥的元素。目前，研究文學史者勢必要注意性別、階級、種族等等範疇在敍事與時間上的地位及演變。

第七章

<桃花源詩并記>與《失樂園》的譜系問題

文學史是一種活潑有緻的變動過程及此一過程的產物，是許多作品受到接納、挑戰、修正、忽視或重新認識的活動。隨著文化、社會條件的轉化，一些向來被忽視的作品或某面向突然凸顯，而本來屬於經典的作品，也可能因此淪爲偏房，甚至被打入冷宮。在這種此起彼落或歷久彌新的文學命運裡，作品一方面藉著後起的作家及讀者去開拓前途，另一方面則在自身的歷史處境中展現它的社會構成與生產功能：受限於當時的創作環境、同時又去改變它，衍生新的可能性。即使在這種歷史條件被形成(formed)及生成衍育(forming)的面向裡，作品不單只是與過去或未來構成影響(influence)或「互文」(intertextuality)的關係，❶ 有時反而是後來的作品孕育前人，使它的先驅得以存在，於文學史中佔一席之地。對文學史上的千變萬化，從嫡傳到私生、自生、歧出、追認生父……各種現象，我們也許得用尼采(Friedrich Nietzsche)及傅柯(Michel Foucault)的「衍生」概念(genealogy)，以這種有機而不規則的生育隱喻，去理解文學史的「譜系」的問題。❷

❶ 影響研究一直是比較文學的重點之一，如 Guillen 的 *Literature as Syetem*，而互文則是對影響研究的修正，Bakhtin, Kristeva, Riffaterre等人均提出重要的見解，最近對影響與互文的反省及應用可見 Jay Clayton and Eric Rothstein, eds. *Influence and Intertextuality in Literary History* (Madison: U of Wisconsin P, 1991).

❷ 主要是根據尼采的 *Genealogy of Morals*及傅柯的"What Is an Author?"

一、

以陶淵明的〈桃花源詩并記〉這個作品爲例，「記」在文學史中的地位遠超過「詩」。而在陶淵明的著作及其成規中，顯然「詩」才是正文。陶詩之中，有不少是詩并序，如〈九日閑居〉，便有短序：

> 余閑居，愛重九之名。秋菊盈園，而持醪靡由，空服九華，寄懷于言。

類似的序或記大多提供讀者一些資訊，讓我們更能藉此體會到詩的創作因緣、詩人的處境及心情。但是，〈桃花源記〉卻不同凡響，不僅是長篇敍事體，自成一格之外，似乎比詩所佔的分量還重，整首詩反而是由〈記〉發展出來而變成附屬了。因此，這個作品便呈現了至少兩項有趣的文學史問題：(1) 陶淵明是否有意改變「序」或「記」在詩文成規中的地位？(2)〈記〉本身特別受後人重視，以至於一般人不知有〈桃花源詩〉，是否揭示文學史的偏好、領受問題？而此一偏愛是否是某些文化或歷史因素促成的？這些問題本身已經相當複雜，但是如果我們也考慮到後來的詩人、作家不斷針對〈桃花源記〉寫詩、撰文，那麼這個作品的不均勻「衍生」現象就更加難纏了。

當然，古今中外的文學作品常常發生類似的情況，彌爾頓 (John Milton) 的《失樂園》 (*Paradise Lost*)

比起他的《復樂園》(*Paradise Regained*)一直更受世人重視，而且《失樂園》的前兩部也比最後兩部備受關注，浪漫時期的作家更是將閱讀及詮釋的重點擺在前兩部，以至於把撒旦(Satan)視爲《失樂園》裡的悲劇英雄人物。這種情形在布雷克(William Blake)的〈天堂與地獄的結合〉(The Marriage of Heaven and Hell)及《彌爾頓》(*Milton*)中尤其明顯。這種誤讀或「以誤讀爲出路」(misreading)的現象除了涉及浪漫詩人本身的創作心理歷程之外，更有其文化、政治因素。因此，這不僅是如布洛姆(Harold Bloom)所說的純是壓抑與解脫式的本文事件，而且是重寫過去的歷史活動。❸以下，我擬以陶淵明的〈桃花源詩幷記〉及彌爾頓的《失樂園》爲例，來探討中西文學史中的領受與創新問題。也許，以這種方式來解讀過去的作品，並且以比較文學的方法來進行，我們會對文學史有相當不一樣的切入點。

二、

誠如張爲騏指出，〈桃花源記〉問世之後，便備受後人矚目，❹《宋史·藝文志》載有道士龔元正的《桃花源

❸ Harold Bloom, *A Map of Misreading*, *The Anxiety of Influence* 等均把創新看作精神機構中運作的文本事件，而忽略了社會、文化因素，就這一點傅柯及一些新歷史主義者的見解比較可取。

❹ 〈桃花源記釋疑〉，原載《國學月報索刊》(1924)，現收入《陶淵明桃花源記賞析》(臺北：天一，1982)。

集》，明朝的馮子京將趙彥琇、張櫟的輯本收入集子，補其闕軼，又增加了一些元、明時代的作品，到了清代，唐開韶的《桃花源志略》也搜錄前人的詩文，範圍益廣。此外，許多地理志、縣志、筆記、詩話也有不少詳細的討論或記載。直至民國初年，光是考證的單篇文章便有數十篇，而宋、元、明、清以來的「和桃花源」韻文更是不下數百首。因此，張爲騏便說：「在中國文學史上，從來沒有一篇作品引起後人的硏討像〈桃花源記〉那麼多的。」（202）張爲騏自己主張桃花源是一種「心境」，而不應被看作是「仙境」或「實境」。這種說法當然是較折衷的作法，而且也合乎寓託的傳統。不過，桃花源的虛實問題依然是個研究重點，最出名的論文應屬陳寅恪及唐長孺的論辯。

陳寅恪運用各種佐證的資料，得到以下幾點結論：

（甲）真實的桃花源在北方的弘農，或上洛，而不在南方的武陵；

（乙）真實的桃花源居人先世所避之秦乃符秦，而非嬴秦；

（丙）〈桃花源記〉紀實的部分乃依據義熙十三年春夏間劉裕率師入關時戴延之等所聞見之材料而作成；

（丁）〈桃花源記〉寓意的部分乃牽連混合劉驎之入衡山採藥故事，並點綴以「不知有漢，無論魏晉」等語所作成；

（戊）淵明〈擬古詩〉之第二首可與〈桃花源

記〉互相印證發明（1178）。❺

唐長孺則以民俗學流傳的理論爲基礎，批駁陳寅恪的看法，主張：(1) 桃花源是一種寓託，可以不必指實，但作者說故事發生在武陵，假使作者不是完全出乎虛構，我們沒有理由把它移到北方，假使完全出乎虛構，那麼東西南北任何一地都可由作者自由指定，沒有必要加以考證（163~64）；(2)桃花源的故事本是南方的一種傳說，在晉、宋之間流行於荆、湘，陶淵明根據所聞加以理想化；(3) 桃花源的故事先在荆、湘一帶傳播，陶淵明所聞爲漁人捕魚，發現異境，而稍後的劉敬叔所聞則是爲射鹿的蠻人所發現，以後故事又流入蜀地，這個異境也就移到了彭州九隴縣，也可能九隴縣本有相似的傳說；(4) 發現異境的人是蠻族或是具有蠻族氏姓的漁人，《異苑》所載很可能本來是蠻族的傳說；(5) 陶、劉都是在江陵附近聽到這個故事，劉子驥住陽岐，很靠近武陵；(6) 桃花源的社會結構並非塢保或逃避兵亂的組織，而是逃避賦役的農民「逃亡入蠻」與蠻族共同從事生產，擺脫外來的封建羈絆，所組成的公社生活。❻

不管故事的地點是在北方或在南方，居民是避兵亂或賦役，陳寅恪與唐長孺都把〈桃花源詩〉看作是次要，甚至是非歷史的材料，他們的焦點所在是〈桃花源記〉。大矢根文次郎在他的《陶淵明研究》裡便提到〈桃花源記并

---

❺ 〈桃花源記旁證〉，收入《陶淵明桃花源記賞析》。

❻ 《魏晉南北朝史論叢續編》中的〈讀"桃花源記旁證"質疑〉（北京：三聯，1959），163~74。

詩〉，或詩并記（序），記與詩之關連等問題，又進一步追究這些老問題，❼ 他認為全文應作「桃花源記并詩」，記才是主（34）。然而，大矢根文次郎對這種主從問題也不是十分堅持，他說：「記與詩雖有同一旨趣，二者也各具獨立同等的重點，各表不同的意境。這點比之於〈長恨歌〉與〈長恨歌傳〉很類似。」（35）儼然記與詩具同等的地位。後來他又說，記表達陶淵明的「歸園」情結，展示一股「探究理想眞實之熱情」，詩則呈現「一腔嘆老哀亡之憂傷」，是對「死亡」、「挫折」情懷的吐露，彷彿記與詩是兩種面向的「充分表現」（36）。但是他也提出記與詩的差異，「其一，記不述理想國度的重要條件」；「其二，最後四句……（道出）原來烏托邦不在塵囂之外，實在人心裡面。所以像列子乘輕風，舉於青空，高踏出俗界，身雖倚几，心卻寄隨微風，翺翔六合。為覓尋契友，為超離時空，為心境的絕對自由。逍遙眞人的旨趣是我心祈願的。此處最最緊要，此創作意圖為記所無」（36），也就是說詩講的比記多。儘管如此，大矢根文次郎仍認定記為主，而把重點放在記的探究上，雖然他的「桃花觀」其實是以詩的最後四句為根據，一方面得出如此的結論：「諒必（淵明）不信心外仙鄉桃花源的實在性；如若實在，也僅悠遊方外之士可得而已」（42）；另一方面則強調記為主要：「淵明在現實無可求得理想的世界，只好託之於傳奇，出之以文章了。」（43）

有關這種記與詩的先後、輕重問題，或詩是否為「序」

---

❼ ＜桃花源記并詩＞，收入《陶淵明桃花源記賞析》。

（陶澍認爲詩是序），「贊」（如本田、橋川等人的見解）， 以及歷代詩人、學者的觀感與詮釋，均構成文學史上十分鮮明的例子。詩前有序是漢魏晉詩人模仿《詩經》毛注序的體例，魏晉南北期時期，詩逐漸有長序（見大矢根文次郎的論文35），尤其到了東晉，有時序反而比詩長。然而這些長序的出現固然在漢賦即有前例，曹植的詩序卻引起爭議。在陶淵明的詩文集中，長序或記也不多見，因此，以長序這種傳統的逐漸興起爲佐證，去推斷陶淵明的〈桃花源詩幷記〉的記才是主題，似乎只反應了文學史長久以來忽略〈桃花源詩〉此一事實，以至於倒果爲因。不過，研究記與詩的輕重問題並非本文的關鍵所在，我比較感興趣的是何以〈桃花源記〉會引發後來的文人、學者的普遍回響，造成了特殊的桃花源文學表達模式 (mode)，而在這種領受與互文(intertext) 之中，〈桃花源詩〉如何被忽視。換句話說，何以後人對桃花源的敍事體特別情有獨鍾，而要以自己的詩文去添補、替代 (supplement) 原來的〈桃花源詩〉，同時在這種領受的過程裡，陶淵明的地位不斷提昇，他的部分作品 —— 尤其那些講歸園田居，悠然自得，隱逸平和心境的詩文 —— 遂代表了他的整體。田園詩因此成爲正宗，壓抑了其他的文學論述形式，而且也隱沒了田園詩的社會、政治意義，將寓託文學寫實化、「當眞」化 (literalization)。也許正是由於這種寓託的當眞化可以滿足道士及隱士的精神需要，〈桃花源記〉在文學史及敍事史上佔有特殊的地位。

三、

〈桃花源記〉是自我完足的敍事體，有開頭、中間、結尾，已具備短篇敍事體的基本要素，再加上其中的轉折、高潮迭起、懸疑與高蹈（拒絕再入境），是中國文學中早期敍事體裡的精美小品，幾乎可以獨立看待。值得注意的是，魏晉時期乃是動盪不安的時代，士族的地位備受考驗。隨著新宗教、新學術(玄學）的普及，乃至地理上的偏安，時間與空間的混亂對當時的社會想像及文學表達自然使得詩人、學者對政體、身體、歷史、權威、中心產生不同於前人的看法。從竹林七賢的放縱與頹廢的個人主義到石崇的奢華商業主義，充滿了種種極端的生活方式。在這個人主義及資本主義崛起的時代，經學的權威受到挑戰。個人可以自己的才性去理解、選擇經典，此一情況極類似西洋十七、八世紀的宗教改革及啓蒙時期。由於權威、中心的喪失，個人的生命及其歷史遂獲得前所未有的敍事意義，因而在西方產生了像《唐吉訶德》(*Don Quixote*)、《魯賓遜漂流記》(*Robinson Crusoe*) 等的小說，❽當然就此推斷魏晉的敍事體也與西方寫實小說有類似的表達

❽ 見 Georg Lukács, *The Theory of the Novel;* Ian Watts, *The Rises of the Novel;* Franco Moretti, *Signs Taken for Wonders;* Homi Bhabha, *Nation and Narration*; Dominick LaCapra, *History, Politics, and the Novel;* Lucien Goldmann, *The Hidden God;* J. Hillis Miller,*The Disappearance of God.*

未免流於草率，但是那種種類似的歷史情境有可能會產生某種不同的敍事意識。陶淵明也許是在這種意識之下寫出〈桃花源記〉，根據傳說加以改變，成爲烏托邦及反烏托邦同時兼具的敍事體❾。陶淵明晚期的身分也使他較能對官僚、文人階級作批判，因此在〈桃花源記〉中，漁人是唯一見到世外桃源的人，而太守及高尚之士在事後得知之後，想再去探訪，均不得而返。在魏晉時期，是胡漢文化混雜的時代，陶淵明有意無意間選用蠻人的傳說，不但居於農民反抗執政者剝削，採同情的立場，而且又堅持殖民政策的不可行，提出文化差異的不可並比性（incommensurability），可能是有其歷史、文化的涵義。同時，也表達了他雖在野但常對政局感到憤慨的心情——生命世界（life world）無法被系統（權力與金錢）完全支配與操縱。

也許由於〈桃花源記〉敍事體的歷史地位，後人對記特別感興趣，因而忽略了詩——陶淵明敍事兼詠懷的部分，我以前曾以讀者反應的觀點，去探究詩與記的美感結構，析出其中共同的五重放逐：歷史、地理、心靈與文化、符號、作者意圖五個層面，從動亂天紀到遷居（exodus）及喪失故土、與外界隔絕以及更進一步的內在放逐（inner exile）、文化疏離與無以自處，到符號、文本與意圖、指涉的差距。記直陳這五重放逐的經驗，一方面建立烏托邦，另一方面又道出烏托邦的不可復得；詩則以更

❾ 參考 Jose Antonio Maravall, *Utopia and Counter-utopia in the "Quixote,"* trans. Robert W. Felkel (Detroit: Wayne State UP, 1991).

精簡的方式，去重新強化這種經驗，再一次體會到想像高蹈之後的孤寂落漠（mental dislocation）。❿ 這種說法事實上假定記與詩是一貫的發展，只是作不同的表達，而在詩中對歷史事件的多重指涉尤其使得桃花源的傳說及詩人的渴望更具有集體（collective）及個人（individual）上的意義。當然，這不必意謂著陶淵明本人有此意圖及美感結構，實際上陶淵明可能是一發不可收拾，反而將記鋪陳爲近乎單篇的敍事體，與詩幾可等量齊觀，甚至於彼此有某種張勢存在。

無論如何，後來的道教人士及詩人、學者紛紛針對〈桃花源記〉作文章，〈桃花源詩〉變成了與後人的唱和韻文無異，均屬於是對〈桃花源記〉的詠懷及回應。因此大大提高了〈桃花源記〉作爲主要文本及根源（源頭）的文學史地位，同時也激發了有關桃花源坐落問題的種種討論——寫實主義的、心境投射的及寓言寄託的等等。蘇東坡的〈和桃源詩序〉，繼韓愈的短評：「神仙有無何渺茫，桃源之說誠荒唐。世俗那知僞與眞，至今傳者武陵人。」也採寫實的觀點，來駁斥仙境的說法：

> 世傳桃源事，多過事實。考淵明所記，止言先世避秦亂來此；則漁人所見，似是其子孫，非秦人不死者也。又云殺鷄作食，豈有仙而殺者乎？舊說南陽有菊水，水甘而芳，民居三十餘家，飲其水皆壽，或至百二三歲。蜀青城山老人村，有見

❿ 論文收入拙著《解構批評論集》（臺北：東大，1985），第三章。

五世孫者，道極險遠，生不識鹽醯，而溪中多枸杞，根如龍蛇，飲其水故壽。近歲道稍通，漸能致五味，而壽益衰。桃源蓋此比也歟？使武陵太守得而至焉，則已化為爭奪之場所久矣。嘗意天壤之間若此者甚衆，不獨桃源。……（《詩集》卷四二）

洪邁則主張「桃源之事，以避秦爲言，至云『無論魏晉』，乃寓意於劉裕，託之於秦，借以爲喻耳」（《容齋隨筆》卷一〇）。明代的黃文煥講的更精細，他詮釋桃花源是某種政治諷寓：

此憤宋之說也。事在太元中，計太元時晉尚盛，元亮此作，當屬晉衰裕横之日，借往事以抒新恨耳。觀其記曰「後遂無問津者」，足知為追述之作。觀其詩曰「高擧尋吾契」，蓋以避宋之懷匹避秦也。避秦有地，避宋無地，奈之何哉？篇內曰「無論魏晉」，而況宋乎？曰「皆歎惋」，悲革運之易也。曰「不足為外人道」，歎知避之難也。漁人事或以為神仙，東坡以為隱者子孫，此俱不必辨，元亮之意總在寄證，不屬炫異。（《陶詩析義》卷四）

至於心境說則在清朝的詩人、學者的詩文中更是到處可見。有趣的是由於道教的興盛，隋唐時代，桃花源與神仙樂土常密切關連，除了在道教文集中僅收錄〈桃花源記〉，詩人、學者的討論也大致限於記。後來又因為許多「和桃花源詩」及「桃源圖」的興起，〈桃花源詩〉的地位便淪為次要。元朝的吳師道是少數引用詩者之一，大部分的文人若引用〈桃花源詩〉也只提及「高舉尋吾契」，以表示後人與陶淵明可藉桃花源的唱和及重新體現(refiguration)彼此契入。在類書裡，〈桃花源記〉，也是唯一被收錄的（如《藝文類聚》卷八六菓部、《初學記》卷二八果木部），以至於日人橋川時雄推斷〈桃花源詩〉係偽作。⓫這種只就桃花源記找尋世外桃源的作法在唐宋以來的〈桃花源詩〉唱和之作尤其明顯。然而有趣的是這些詩人都假定桃花源是個避世退隱的洞天，陶淵明所描述的漁人變成了「桃源圖」中的漁翁隱士，在世外桃源徜徉，自得其樂，桃花源因此轉化為一個愉悅有閑階級的「另一片天地」(elsewhere)。這與唐宋開始的文人文化以及早期消費的資本主義的逐漸興盛應有相當密切的關係。相對照起來，西方十八世紀的田園山水詩及郊外的莊園之間的關連似乎是他山之石，彼此可以輝映。

蘇東坡就仇池為避世桃源，和陶詩就十分能代表重新體現、實現、玩味以及撥用 (appropriate) 的特色:

凡聖無異居，清濁共此世。
心閑偶自見，念起忽已逝;
欲知真一處，要使六用廢。
桃源信不遠，杖藜可小憩。

⓫ 大矢根文次郎引文提及，論文收入《陶淵明桃花源記賞析》。

躬耘任地力，絶學抱天藝；

臂雞有時鳴，尻駕無可税。

苓龜亦晨吸，杞狗或夜吠；

耘樵得甘芳，齕齧謝炮製。

子驥雖形隔，淵明已心詣；

高山不難越，淺水何足厲。

不如我仇池，高舉復幾歲，

從來一生死，近又等癡慧，

蒲澗安期境，羅浮稚川界，

夢往從之游，神交發吾蔽，

桃花滿庭下，流水在戶外，

卻笑逃秦人，有畏非真契。（卷四二）

整首詩基本上是對〈桃花源記〉的回應，而且是以自己的經歷（仇池）去重新定位桃花源。由於仇池是個眞正的桃花源，不僅可以「夢往」、「神交」，並且是很容易便能接近，甚至於就放在家園之中的人間樂土：「桃花滿庭下，流水在戶外」。

這種「落實化」的活動，一方面是讀者（如蘇東坡）在想像及美感經驗上的「具體化」(concretization)，另一方面則是在文學史及文化史上的「實現」(realization)，以自己的歷史及文化經驗去印證、強化、重新組織，有時甚至會把作品虛構的事件當眞實踐，如哥德的《少年維特的煩惱》問世之後令許多德國少年投水殉情，紛紛認爲自己是維特的化身；或對仙鄉、億載金城的文學傳說後來導致了種種航海探險，改變了人類的歷史等。有關「具體化」

的理論，殷伽頓(Roman Ingarden)及伊哲(Wolfgang Iser) 均有深入的探究，而「實現」及「領受」則是堯士 (Hans Robert Jauss) 及魏曼(Robert Weimann) 的關注所在。⓬魏曼尤其以 appropriation 的觀念，去描述作家如何將以前的作品及其世界據爲己有，然後再加以揚棄，發明出另一套。魏曼的「挪爲己用」理論與傳統所謂的「熟讀古書」或艾略特 (T. S. Eliot) 所說的「傳統及個人才氣」極不相同。因爲在「挪爲己用」之中，後世的作家及讀者是相當主動地「將他人的化爲自己的」，而且也涉及重新發明其隱而不彰或不曾眞正存在的「傳統」——如南北宗的分法⓭。

我們在蘇東坡的詩中已明顯看出陶淵明的烏托邦已變成了心識的意境，桃花源可以說是「唯識所造」:「心閑偶自見，念起忽已逝」，對一位自稱是「東坡居士」的詩人而言，「桃花源」已不再是遙遠的地方，反而是可以挪爲己用，並加以發揮的處所、主題 (topic):「桃源信不遠，

⓬ 比較簡潔的介紹是 Hans Robert Jauss, "The Theory of Reception: A Retrospective of its Unrecognized Prehistory," 及 Robert Weimann, "Text, Author-Function and Society: Towards a Sociology of Representation and Appropriation in Modern Narrative," in *Literary Theory Today,* eds. Peter Collier and Helga Geyer-Ryan (Ithaca: Cornell UP, 1990).

⓭ 可參考 Eric Hohsbawm and Terence Ranger, eds., *The Invention of Tradition* (Cambridge: Cambridge UP, 1983).

杖藜可小憩」。只就烏托邦「桃花源」的主題加以選擇，而忽略原作裡的反烏托邦主題，仍去「問津」而且以仇池去充當第二個桃花源。這種重寫桃花源的作法可能與蘇東坡遭謫之後想安頓自己的「去留」危機因此發出「東坡」、另闢樂土的實踐有關。同時也承先啓後，讓桃花源落實在庭園山水及鄉間小榭之中，展現出文人私下生活裡旣富於娛情悅性兼對抗在位者的另一個空間，因而也使得桃花源的衍生譜系（genealogy）變成地理學（geography）。

由於唐宋以後的人口逐漸集中於都市，以及早期資本主義的興起，再加上科舉制度的束縛，文人力求解脫的渴望便與桃花源的衍生地理學搭配，形成特殊的領受與創新，陶淵明的漁人在後來的畫中（如王蒙的「花溪漁隱圖」及「漁隱圖」）或在詩裡均變成了士大夫的模樣。如在「花溪漁隱圖」裡，漁翁一方面與桃花源脫不了關係，另一方面卻是范蠡避世之後的裝扮（disguise），在階級（class）的認同上，很顯然與陶詩有異，而且已對勞動採完全不同的態度，「自得」與「心閑」是桃花源落實在新地理的基本因素。而且在新桃花源中也沒有各種不同文化、階層、年紀的人產生對話或溝通。在後來的著作中，桃花源大多是文人自己的世界，與公共（public）領域無關；不僅無關而且還刻意要與之對立，並將它的痕跡消除。而在這種衍生的地理學裡，〈桃花源記〉便成了主要的文本（text），詩於是淪爲附屬品，以至於在文學史裡有著不同的命運。

四、

彌爾頓的《失樂園》更是充滿了很有意思的各種讀者反應。在十七、八世紀,《失樂園》與《天路歷程》(*Pilgrim's Progress*)常被擺在一起,看作是對《聖經》的注解及闡明敍事體。《失樂園》的第一部分(撒旦的言論及反叛行動)並不是多數人閱讀的重點(儘管亦引發一些爭議)。到了浪漫時期,那就完全改觀了。在渥斯華玆(William Wordsworth)的《序曲》(*The Prelude*)裡,便將彌爾頓的創造天地及其意識形態加以扭轉,使詩人自已成了本身思路及表達的創造者。渥斯華玆雖在第一、二、七部等處引用、借用、轉化(appropriate)彌爾頓的《失樂園》,卻揚棄其一神論,而採自然的超自然主義(natural supernaturalism)及較民主的個人主義。⓮在柯斐律治(Samuel Taylor Coleridge)的生平中,他最大的願望之一是寫二十四部的長詩——《失樂園》的兩倍長。雖然他並未寫出任何一部,但其許多作品均與《失樂園》形成某種程度上的回響(echo),尤其是〈可汗〉(Kubla Khan)及〈古舟子之詠〉(Rime of the An-

---

⓮ 見 M. H Abrams, *Natural Supernaturalism* (New York:Norton, 1972); Stuart Peterfreand, "Wordsworth, Milton, and the End of Adam's Dream," *Milton and the Romantics* 3 (1977): 14~21, 及一些新歷史主義者討論浪漫主義的論著。

cient Mariner)。在〈可汗〉裡，可汗建造別宮所使用的意象、文字、意識形態幾乎全來自《失樂園》，但是詩人更加民主、富有自由意志的創造形式卻以新時代先知的詩之意境（poetic vision）取代了專制政權的建築世界。在渥斯華兹及柯斐律治眼中，《失樂園》的第四部到第七部是核心。他們拿其中的創世神話當作重寫、解構的對象，而對較早的布雷克或較晚的「撒旦」學派（拜倫、雪萊）乃至濟慈（John Keats）而言，《失樂園》較突出的卻是第一、二部，也就是撒旦改建地獄，立志復仇的英雄事蹟。在這些詩人的心目中，撒旦簡直是法國大革命、英國或美國革命的代言人。

布雷克於〈地獄與天堂的結合〉裡，就說過：「彌爾頓不自覺地便與撒旦同黨」，他甚至於說基督與撒旦是同一回事，在《彌爾頓》（*Milton*）及其他長詩（如 Four Eoas）裡，彌爾頓與撒旦尤其密不可分。撒旦的復仇英雄及其悲劇形象在拜倫的《曼弗雷德》（*Manfred*）及雪萊的《普羅米修士脫離束縛》（*Prometheus Unbound*）可以算是發揮得淋漓盡致，至於雪萊的《海佩里昂》（*Hyperion*）則總結了從布雷克、渥斯華兹到雪萊有關《失樂園》的創造、墮落與報復等等主題與語言的借用轉化（appropriation），他們這一些浪漫詩人將重點放在《失樂園》前半（尤其一、二部），對較後面的幾部幾乎完全毫不提及。這種傳統一直到二十世紀的大詩人艾略特（T. S. Eliot）也可看出，艾略特甚至大言不慚地說：

> 彌爾頓寫到第九部以後便江郎才盡，第十一、十

二部是濫竽充數，只是要繼續古典史詩必定十二部的傳統；因此之故，第十一、十二部文學較抽象，缺之鮮明的視覺意象。

他對彌爾頓的失明以至無法寫出鮮明的視覺意象，在評《失樂園》前半部時，仍未明顯指出。到了評後半部時，他便顯得不耐煩:「十一、十二部實際上沒作用，是可以不要的。」路易士 (C. S. Lewis) 雖然把重點從浪漫詩人情所獨鍾的前半部移到《失樂園》的七、八、九、十部，但是他的基督教人文主義 (Christian humanism) 仍是有些偏執，甚至有意去壓抑浪漫主義的看法，忽略《失樂園》的前半部。而費希 (Stanley Fish) 的成名作 *Surprised by Sin*，名字固然來自《失樂園》的第七部，內容實際上卻是依據《失樂園》的第十一、十二部，也就是神派大天使麥可到樂園 (Eden)，帶領亞當展望未來，瞭解過去，明白自己已經墮落但仍可獲救的事實；基於最後兩部神對人的啓示，費希提出讀者反應的理論，解釋彌爾頓的文本技巧是先要讀者跟著撒旦一起感到自傲，重新體驗到亞當與夏娃的墮落，然後才了解上帝的糾正意旨，整本書是天主教式的「問答導正」(catechism)。費希有另外一篇文章便分析了第十一、十二部如何被遺忘，而經歷世界大戰時，這兩部才又因爲世人突然感到末日將近而重新受到肯定。⑮

---

⑮ C. S. Lewis, *A Preface to Paradise Lost* (1942); Stanley Fish, *Suprised by Sin* (1976)，除此之外，他在 *Is There a Text in this Class?* 及 *Change* 均有文章觸及正典的變化。

女性主義的意識崛起之後，尤其在70年代之後，學者紛紛從文學論述中找出父權體系的自我鞏固機制，《失樂園》由於是繼《聖經》此一父權經典，並加以發揚光大，以至於被納入正典(canon)，造成莫大的影響。因此常受到女權批評 (feminist critics) 的質疑。有的從亞當與夏娃的主從關係，夏娃的創造過程及彌爾頓與其女兒的關係之間的連貫，男主外女主內的空間劃分及其公私領域問題，正典及消除她人的程序，有的研究墮落的眞兇及其扈從的問題，彌爾頓對婚姻及性別政治的看法，性別政治與神學等等，迄今仍爭議不休，主要的證據大致是來自《失樂園》的第四、八、九、十部，特別是夏娃要求亞當也嚐禁果及其接下去的爭吵這幾幕。⑯彌爾頓在女性主義者及新歷史主義者 (new historicists) 的眼中，卻具有完全不同的形象，據一些女性主義者，彌爾頓是父權體系的代言人，有意識地將夏娃置於次要地位，不給她發言權；另外一批學者則認爲彌爾頓在他那個父權充斥的時代，已經給了夏娃新女性的特徵，尤其描繪她爲一位主動進取而又善於運用女性本能的中產階級女性；最近的一種觀點則認爲彌爾頓並未完全脫離父權體制，但他在相當程度上已做了創新的改革，雖然在改革之中又流露出保守的作風及內在的不安與衝突。從女權主義興起，不斷在作品中找批判父權體制的切入點，到女性學者引起男性保守人士的反感，以至於又進一步去強化作品之中父權的包容孕育性，

---

⑯ 有關這些論辯，請見 *The Cambridge Companion to Milton* (1989) 及 *Soliciting Interpretations* (1991)，還有 *ELH, ELR, NLH* 上的文章。

或者較多元地考慮文化及性別政治的複雜及自相矛盾層面，這些詮釋與70年代以來的人文教育所引起的爭論可以說節節相關，而《失樂園》這部正典作品自然在學院裡意外產生了各種不同的領受及新意。⓱

五、

文學作品的「譜系」(genealogy) 是個相當麻煩的問題，一旦作品脫離作家的手中，作者的權威 (authority) 便失去了作用，作者、作品及其世界(時代與其虛構世界) 立刻起了一連串的「疏離」(distanciation) ⓲，等待後人以瞭解與轉化這兩種方式兼具的方式，去掌握、領受、創造其意義與文本生命，因此產生了如尼采與傅柯所說的「衍生譜系」，一種無法由生父(作者) 及其生產機制(如作者意圖及其指定的種種機構) 所認定或壟斷的「應機而生」，作者在文學史裡成了傅柯所謂的自我消失、不再連

⓱ 見 Darryl J. Gless and Barbara H. Smith, eds. *The Politics of Liberal Education* (Durham: Duke UP, 1992) 及 Laurence Grossberg, et al, *Cultural Studies* (New York: Routledse, 1992)，即可看出這種典範的變化及其震盪。

⓲ Paul Ricoeur, *From Text to Action* (Evanston, Northwestern UP, 1991), 75～88.

續的「論述之作用」，[19] 一再被借用轉化，化爲複雜錯綜的運作，而不是個特定的主體或標籤。在這種「應機而生」裡，不僅是如布洛姆 (Harold Bloom) 所說的「影響焦慮」(anxiety of influence) 及想超越前人的誤讀爲解脫，正是某種社會、文化的過程及其產品 (process and product)，有時並不能假定偉大的作品是出自某一位特定的前驅 (precursor)，而且也不一定就如布洛姆所說是「掙脫」或誤讀，反而可能是延伸、借用、轉化——片面領受與創新。這種保持距離的領受與轉化不必是有意識而激烈的，或者純然是由父到子的文本嫡傳，也許較正確一點是類似魏曼或堯士所說的借用及領受，不過除了是閱讀、詮釋及創新的意義建構活動之外，其實還有文化、社會的變動過程讓此一領受與創新活動得以應機而生，開展其社會及文化實踐，發揮文本的作用，使文學史不斷呈現生機。以〈桃花源詩并記〉爲例，我們看到歷來詩人、學者針對記撰文作詩，形成了隱逸文人的桃花源地理學，在中國的文人文化中扮演其重要的作用，同時也讓原本的反烏托邦作品轉化爲落實、直指的烏托邦，因此構成桃花源詩的系列作品 (sequences)，紛紛去重新造境，或探究桃花源地點及根源的論文，一再「尋向所誌」。在另一方面，《失樂園》則在十九世紀以後形成明顯的片面領受，

[19] 見 Foucault, "What Is an Author?" 我以下對 Bloom 的批評，主要參考 Joseph Anthony Wittreich, Jr, "Cartographier: Reading and Misreading Milton and the Romantics," *Milton and the Romantics* 1 (1975), 1~3.

從最前面兩部到最後面幾部，一再轉變其作品意義，化為種種新作品的借用對象（object of appropriation），而且這部作品的意義，特別是其中的上帝與撒旦、上帝與人類、亞當與夏娃之間的主從關係及其涵義，也不斷隨著時代而起變化。

這兩部作品只是較明顯的例子，在中西文學史上更有趣或更需要討論的作品想必不在少數，也許所有的文學作品都是以類似的方式，在領受與創新的程序中，一直在變動，產生、衍生其無法控制的生命譜系。

附　　錄

書目精選

一、里柯的英譯著作書目精選

A. 書　目:

有關里柯的著作目錄，請見*Paul Ricoeur. A Primary and Secondary Systematic Bibliography* (1935~1984). Leuven: Peeters, 1985, 8~15, 92~111.

B. 英譯著作年表:

1965

History and Truth 譯者: Ch. A. KELBLEY. Evanston: Northwestern University Press, 1965.

Fallible Man 原著: *L'homme fallible,* 譯者: Ch. A. KELBLEY. 〔Chicago: Henry Regnery〕.

1966

Freedom and Nature: The Voluntary and the Involuntary 譯自: *Le volontaire et I'involontaire*

Evanston: Northwestern University Press, 1966.

1967

Husserl. An Analysis of His Phenomenology 譯者: E. G. BALLARD 及 L. E. EMBREE. Evanston: Northwestern University Press, 1967.

The Symbolism of Evil (*Religious Perspectives, 17*). 譯自: *La symbolique du mal* 譯者: E. BUCH-ANAN. New York-Evanston-London: Harper and Row, 1967.

1970

Freud and Philosophy: An Essay on Interpretation. 譯自: *De l'interprétation. Essal sur Freud* by D. SAVAGE. New Haven and London: Yale University Press, 1970.

1973

RICOEUR P. and MARCEL G., *Tragic Wisdom and Beyond* 譯自: *Pour une saqesse tragique* 譯者: G. MARCEL Evanston: Northwestern University Press, 1973.

1974

The Conflict of Interpretations. Essays in Hermeneutics 譯自: *Le conflit des Interprétations. Essals d'hermeneutique* Evanston: Northwestern University Press, 1974, xxv～512 p.

Political and Social Essays 譯者: STEWART 及 J. BIEN. Athens: Ohio University Press, 〔1974〕.

1976

Interpretation Theory: Discourse and the Surplus of Meaning. Fort Worth: The Texas Christian University Press, 〔1976〕.

1978

The Rule of Metaphor. Multi-Disciplinary Studies of the Creation of Meaning in Language. 譯自: *La métaphore vive* by R. CZERNY with K. McLAUGHLIN and J. COSTELLO. Toronto: University of Toronto Press, 1977; London and Henley: Routledge and Kegan Paul, 〔1978〕.

The Philosopy of Paul Ricoeur. An Anthology of His Work 編者: Ch. REAGAN and D. STEWART. Boston: Beacon Press, Toronto: Fitzhenry and Whiteside Limited, 〔1978〕.

1979

Main Trends in Philosophy New York-London: Holmes and Meier.

1980

Essays on Biblical Interpretation. 編者: L. S. MUDGE Philadelphia: Fortress Press, 〔1980〕.

The Contribution of French Historiography to the Theory of History Oxford: Clarendon Press, 〔New York: Oxford University Press〕.

1981

Hermeneutics and the Human Sciences. Essays on Language, Action and Interpretation. 譯者: J.B. THOMPSON Cambridge-London-New York-New Rochelle-Melbourne-Sydney: Cambridge University Press; Paris: Éditions de la Maison des Sciences de I'Homme, 〔1981〕.

1984

Time and Narrative. Vol. I. 譯自: *Temps et récit I* 譯者: K. McLAUGHLIN and D. PELLAUER. Chicago: The University of Chicago Press, 〔1984〕.

1985

Time and Narrative. Vol. II. 譯自: *Temps et récit II* 譯者: K. McLAUGHLIN and D. PELLAUER. Chicago-London: The University of Chicago Press, 〔1985〕.

1986

Lectures on Ideology and Utopia. 編者: G. H. TAYLOR. New York: Columbia University Press, 〔1986〕. La mal: un défi à la philosophie et à la théologie. Geneva: Labor et fides. 〔1986〕.

1988

Time and Narrative. Vol. III. 譯自: *Temps et récit III* 譯者: K. BLAMEY and D. PELLAUER. Chicago-London: The University of Chicago Press, 〔1988〕.

C. 英文論述年表

1952

"Christianity and the Meaning of History. Progress, Ambiguity, Hope." *The Journal of Religion* 22 (1952), No. 4, October, 242~253.

RICOEUR P. and DOMENACH J.-M., "Mass and Person." *Cross Currents* 2 (1952), Winter, 59~66.

1954

"Sartre's Lucifer and the Lord." *Yale French Studies* 1954-1955, No. 14, Winter, 85~93.

1955

" 'Associates' and Neighbor." *Love of Our Neighbor.* 編者: A. PLÉ. Springfield—London: Templegate-Blackfriars Publications, 1955, 149~161.

" 'Morality Without Sin' or Sin Without Moralism?" *Cross Currents* 5 (1955), No. 4, Fall, 339~352.

"French Protestantism Today." *The Christian Century* 72 (1955), October 26, 1236~1238.

1957

The State and Coercion. 1957. Geneva: The John Knox House, 1957.

"The Relation of Jaspers' Philosophy to Religion." *The Philosophy of Karl Jaspers. A Critical Analysis and Evaluation.* 編者: P. A. SCHILPP. New York: Tudor, 1957.

"Faith and Culture." *The Student World.* 50 (1957), No. 3, 246~251.

1958

"Ye are the Salt of the Earth." *The Ecumenical Review* 10 (1958), No. 3, April, 264~276.

"The Symbol···Food for Thought." *Philosophy Today* 4 (1960), No. 3/4, Fall, 196~207.

1961

" 'The Image of God' and the Epic of Man." *Cross Currents* 11 (1961), No. 1, Winter, 37~50.

1962

"The Hermeneutics of Symbols and Philosophical Reflection." *International Philosophical Quarterly* 2 (1962), No. 2, 191~218.

1963

"Faith and Action: A Christian Point of View. A Christian must rely on his Jewish memory." *Criterion* 2 (1963), No. 3, 10~15.

1964

"The Historical Presence of Non-Violence." *Cross Currents* 14 (1964), No. 1, Winter, 15~23.

"The Dimensions of Sexuality. Wonder. Eroticism and Enigma." *Cross Currents* (Sexuality and the Modern World) 14 (1964), No. 2, Spring,

133～165, 186～208, 229～255.

1966

DUFRENNE M., *The Notion of A Priori* 譯自: *La notion a priori* 譯者: E. CASEY, Evanston: Northwestern University Press, 1966.

"The Atheism of Freudian Psychoanalysis." *Concilium* (Church and World) 2 (1966), No. 2, 31～37〔British edition〕; *Concilium* (Is God Dead?) 2 (1966), No. 16, 59～72〔American edition〕.

"Kant and Husserl," *Philosophy Today* 10 (1966), No. 3/4, Fall, 147～168.

"A Conversation…〔text of an interview〕." *The Bulletin of Philosophy I* (1966), No. 1, January, 1～8.

1967

Phenomenology of Will and Action. 編者: E. W. STRAUS and R. M. GRIFFITH. Pittsburgh: Duquesne University Press, 1967. "Husserl and Wittgenstein on Language." *Phenomenology and Existentialism.* 編者: E. N. LEE and M. MANDELBAUM. Baltimore: The Jonn Hopkins University Press, 〔1967〕.

"The Unity of the Voluntary and the Involuntary as a Limiting Idea." *Reading in Existential*

Phenomenology. 編者: N. LAWRENCE and D. O'CONNOR. Englewood Cliffs (New Jersey): Prentice Hall, 〔1967〕.

"New Developments in Phenomenology in France: The Phenomenology of Language." *Social Research* 34 (1967), No. 1, Spring, 1~30.

1968

"*Heidegger and the Quest for Truth.*" 編者: M. S. FRINGS. Chicago: Quadrangle Books, 1968.

"Tasks of the Ecclesial Community in the Modern World." *Theology of Renewal. II. Renewal of Religious Structures*. 編者: L.K. SHOOK 〔New York〕: Herder and Herder, 〔1968〕, 242~254.

"Structure-Word-Event." *Philosophy Today* 12 (1968), No. 2/4, Summer, 114~129.

"The Father Image. From Phantasy to Symbol." *Criterion*. 8 (1968~1969), No. 1, Fall-Winter, 1~7.

1969

"The Problem of the Double-Sense as Hermeneutic Problem and as Semantic Problem." *Myths and Symbols*. 編者: J. M. KITAGAWA 及 Ch. H. LONG. Chicago-London: University of

Chicago Press, 〔1969〕.

The Religious Significance of Atheism. 編者: A. MacINTYRE, Ch. ALASDAIR 及 P. RICOEUR. New York-London: Columbia University Press, 1969.

"Guilt, Ethics and Religion" *Talk of God* 編者: G.N.A. VESEY. London-Basingstoke: Macmillan; New York: St. Martin's Press. 〔1969〕. 收於 *Conscience: Theological and Psychological Perspectives.* 編者: C.E. NELSON. New York-Paramus-Toronto: Newman, 〔1973〕, 11～27.

1970

"Hope and Structure of Philosophical Systems" *Proceedings of the American Catholic Association* 編者: G. F. McLEAN and F. DOUGHERTY. Washington: The Catholic University of America Press, 1970.

"The Problem of the Will and Philosophical Discourse." *Patterns of the Life-World.* 編者: J. M. EDIE, F. H. PARKER 及 C. O. SCHRAG. Evanston: Northwestern University Press, 1970.

1971

"The Model of the Text: Meaningful Action

Considered as a Text." *Social Research* 38 (1971), No. 3, Fall, 529~562. 收於 *Explorations in Phenomenology* 編者: D. CARR and E. S. CASEY. The Hague: Martinus Nijhoff, 1973.

"From Existentialism to the Philosophy of Language" *Criterion* 10 (1971). Spring 14~18. 改寫爲 "A Philosophical Journey. From Existentialism to the Philosophy of Language" 刊於 *Philosophy Today* 17 (1973), No. 2/4, Summer, 88~96.

1973

"Creativity in Language. Word. Polysemy." *Philosophy Today* 17 (1973), No. 2/4, Summer, 97~111. 收於 *Language and Language Disturbances* 編者: E. W. STRAUS. Pittsburgh: Duquesne University Press, 1974, 49~71.

"The Task of Hermeneutics 〔lecture given at Princeton Theological Seminary, 1973〕. "*Philosophy Today* 17 (1973), No. 2/4, Summer, 112~128. 收於: *Exegesis. Problems of Method and Exercises in Reading (Genesis 22 and Luke 15)* 編者: Fr. BOVON and Gr. ROUILLER 譯者: D. J. MILLER. Pittsburgh: Pickwick Press, 1978, 及 *Heidegger and Modern Philosophy. Critical Essays.* 編者: M. MURRAY. New Haven: Yale University Press, 1978.

"The Hermeneutical Function of Distanciation" *Philosophy Today* 17 (1973), No. 2/4, Summer, 129~141. 收於: *Exegesis. Problems of Method and Exercises in Reading (Genesis 22 and Luke 15)*.

"The Tasks of the Political Educator." *Philosophy Today* 17 (1973), No. 2/4, Summer, 142~152.

"Ethics and Culture. Habermas and Gadamer in Dialogue." *Philosophy Today* 17 (1973), No. 2/4, Summer, 153~165.

"A Critique of B. F. Skinner's *Beyond Freedom and Dignity*." *Philosophy Today* 17 (1973), No. 2/4, Summer, 166~175.

"Metaphor and the Central Problem of Hermeneutics." *Graduate Faculty Philosophy Journal* (New York) 3 (1973-1974). No. 1. 42~58.

"The Critique of Religion." *Union Seminary Quarterly Review* 28 (1973), No. 3, Spring, 203~212.

"The Language of Faith." *Union Seminary Quarterly Review* 28 (1973), No. 3, Spring, 213~224.

1974

"Psychiatry and Moral Values." *American Hand-*

book of Psychiatry. I 編者: S. Aricti 等, New York: Basic Books, 1974, 976~990.

"Philosophy and Religious Language" *The Journal of Religion* 54 (1974), No. 1, 71~85.

"Phenomenology." *The Southwestern Journal of Philosophy* (Husserl Issue) 5 (1975), No. 3, 149~168.

"Listening to the Parables of Jesus. Text: Matthew 13:31~32 and 45~46 〔sermon〕." *Criterion* 13 (1974), No. 3, Spring, 18~22. 收於: *Christianity and Crisis* 34 (1975), No. 23, 6 January, 304~308 and I. B. 12.

1975

"Phenomenology of Freedom." *Phenomenology and Philosophical Understanding*. 編者: PIVCEVIC. London-New York-Melbourne: Cambridge University Press, 1975, 173~194.

"Phenomenology and Hermeneutics." *Noûs* (Bloomington) 9 (1975), No. 1, 85, 102.

"Philosophical Hermeneutics and Theological Hermeneutics." *Studies In Religion. Sciences religieuses* 5 (1975), No. 1, 14~33. 收於 *Philosophy of Religion and Theology: 1975 Proceedings*, (論文集). The American Academy of Religion, 1975, 1~7.

"Biblical Hermeneutics." *Semeia.* 1975. No. 4. 27~148. 收於: "*Exploring the Philosophy of Religion.*" 編者: D. STEWART. Englewood Cliffs (New Jersey): Prentice Hall, 〔1980〕, 229~238.

1976

"Psychoanalysis and the Work of Art." *Psychiatry and the Humanities I.* 編者: J. H. SMITH. New Haven-London: Yale University Press, 1976, 3~33.

"What is Dialectical?" *Freedom and Morality.* 編者: J. BRICKE. Lawrence: University of Kansas, 1976, 173~189.

Philosophical Hermeneutics and Theological Hermeneutics: Ideology, Utopia and Faith. 編者: W. WUELLNER. 〔Berkeley (California)〕: The Center for Hermeneutical Studies in Hellenistic and Modern Culture. The Gradu ate Theological Union and The University of California (Berkeley), 〔1976〕, 1~37, 40~56.

"Ideology and Utopia as Cultural Imagination." *Philosophic Exchange* 2 (1976), No. 2, Summer, 17~28. 收於: *Being Human in a Technological Age.* 編者: D.M. BORCHERT and D. STEWART. Athens: Ohio University Press, 〔1979〕, 107~125.

"Philosophical Hermeneutics and Theology."

Theology Digest 24 (1976), No. 2, 154~161.

"History and Hermeneutics" *The Journal of Philosophy* (Symposium: Hermeneutics) 73(1976), No. 19, 683~695.

1977

Hermeneutic of the Idea of Revelation. 〔Berkeley (California)〕: The Center for Hermeneutical Studies in Hellenistic and Modern Culture. The Graduate Theological Union and the University of California (Berkeley), 〔1977〕 1~23, 25~36.

"Phenomenology and the Social Sciences." *The Annals of Phenomenological Sociology* 2 (1977), 145~159.

"The Question of Proof in Freud's Psychoanalytic Writings." *Journal of the American Psychoanalytic Association* 25 (1977), No. 4, 835~871.

"Toward a Hermeneutic of the Idea of Revelation." *Harvard Theological Review* 70 (1977), No. 1~2, January-April, 1~37.

"Patocka: Philosopher and Resister." *Telos* 1977, No. 31, Spring, 152~155.

"Schleiermacher's Hermeneutics." *The Monist* 60 (1977), No. 2, April, 181~197.

"Writing as Problem for Literary Criticism and

Philosophical Hermeneutics." *Philosophic Exchange* 2 (1977), No. 3, Summer, 3~15. 197 (1977), No. 3911, February 25, 216.

1978

"4. Philosophy." *Main Trends of Research in the Social and Human Sciences. Part two/Volume two: Legal Science/Philosophy*. 編者: J. HAVET. The Hague-Paris-New York: Mouton-Unesco, 1978, 1071~1567.

"Philosophical Hermeneutics and Biblical Hermeneutics." *Exegesis. Problems of Method and Exercises in Reading (Genesis 22 and Luke 15)* 321~339.

"History and Hermeneutics〔with a comment by Ch. TAYLOR〕." *Philosophy of History and Action*. 編者: Y. YOVEL. Dordrecht-Boston-London-Jerusalem: D. Reidel Publishing Company-The Magnes Press (Hebrew University), 〔1978〕, 3~25.

"Can There Be a Scientific Concept of Ideology?" *Phenomenology and the Social Sciences: A Dialogue*. 編者: J. BIEN. The Hague-Boston-London: M. Nijhoff, 1978, 44~59.

"Imagination in Discourse and in Action." *The Human Being in Action. The Irreducible Element in Man. Part II. Investigation at the Intersection of Philosophy and Psychiatry*. 編者: A.-T. TYMIENIECKA. Dordrecht-Boston-London: D. Reidel Publishing Company, 1978, 3~22.

"Image and Language in Psychoanalysis." *Psychoanalysis and Language* 編者: J. H. SMITH. New Haven-London: Yale University Press, 1978, 293~324.

"The Narrative Function." *Semeia* 1978, No. 13, 177~202.

"The Problem of the Foundation of Moral Philosophy." *Philosophy Today* 22 (1978), No. 3~4, Fall, 175~192.

"Response to Karl Rahner's Lecture: On the Incomprehensibility of God." *Thought of Aquinas and Bonaventure* (*Supplement to The Journal of Religion* 58) (1978). 編者: D. TRACY, S 126~S 131.

"The Metaphorical Process as Cognition, Imagination and Feeling." *Critical Inquiry* (On Metaphor) 5 (1978), No. 1, Fall, 143~159. 收於: *On Metaphor*. 編者: Sh. SACKS. 〔Chicago-London〕: Tne University of Chicago Press, 〔1979〕, 及 *Philosophical Perspectives on Metaphor*. 編者: M. JOHNSON. Minneapolis: University of Minnesota Press, 〔1981〕, 228~247.

"That Fiction 'Remakes' Reality." *The Journal of the Blaisdell Institute* 12 (1978), No. 1, Winter, 44~62.

"My Relation to the History of Philosophy." *The Iliff Review* (Paul Ricoeur's Philosophy) 35 (1978), No. 3, Fall, 5~12.

1979

"Hegel and Husserl on Intersubjectivity." *Reason, Action and Experience.* 編者: H. KOHLENBERGER. Hamburg: Felix Meiner Verlag, 〔1979〕, 13~29.

"Epilogue. The 'Sacred' Text and the Community." *The Critical Study of Sacred Texts.* 編者: W. D. O'FLAHERTY. Berkeley: 〔Graduate Theological Union〕, 1979, 271~276.

RICOEUR P., HABERMAS J. et al., "Discussion 〔討論 HABERMAS, "Aspects of the Rationality of Action"〕." *Rationality Today. La rationalité aujourd'hul* (Philosophica, 13), 編者: Th. F. GERAETS. Ottawa: The University of Ottawa Press Éditions de l'Université d'Ottawa, 1979, 205~212.

"Naming God." *Union Seminary Quarterly Review* 34 (1979), No. 4, Summer, 215~228.

"The Hermeneutics of Testimony." *Anglican*

Theological Review 61 (1979), No. 4, 435~461.
"The Human Experience of Time and Narrative." *Research in Phenomenology.* 9: 17~34.
"The Function of Fiction in Shaping Reality." *Man and World* 12 (1979), No. 2, 123~141.
"The Logic of Jesus, the Logic of God 〔Rockefeller Chapel at the University of Chicago〕." *Criterion* 18 (1979), No. 2, Summer, 4~6. 亦刊於: *Anglican Theological Review* 62 (1980), No. 1, January, 37~41.

1980

"Narrative Time." *Critical Inquiry* (On Narrative) 7 (1980), No. 1, Autumn, 169~190. 收於: *On Narrative.* 編者: W. J. T. MITCHELL. Chicago-London: The University of Chicago Press, 〔1981〕, 165~186.
"Ways of Worldmaking, by Nelson Goodman 〔critical discussion〕." *Philosophy and Literature* 4 (1980), No. 1, Spring, 107~120.

1981

"Sartre and Ryle on the Imagination." *The Philosophy of Jean-Paul Sartre.* 編者: P. A. SCHLIPP. La Salle: Open Court, 〔1981〕, 167~178.

"The Bible and the Imagination." *The Bible as a Document of the University*. 編者: H. D. BETZ 〔Chico (California)〕: Scholar Press, 〔1981〕, 49～75.

"Two Encounters with Kierkegaard: Kierkegaard and Evil. Doing Philosophy after Kierkegaard." *Kierkegaard's Truth: The Discourse of the Self*. 編者: J. H. SMITH. New Haven-London: Yale University Press, 〔1981〕, 313～342.

"Mimesis and Representation." *Annals of Scholarship*. Metastudies of the Humanities and Social Sciences 2 (1981), No. 3, 15～32.

"The 'Kingdom' in the Parables of Jesus." *Anglican Theological Review* 63 (1981), No. 2, April, 165～169.

"Phenomenology and Theory of Literature. An Interview with Paul Ricoeur." *MLN-Modern Language Notes* 96 (1981), No. 5, December, 1084～1090.

1982

GADAMER H.-G. and RICOEUR P., "The Conflict of Interpretations." *Phenomenology: Dlalogues and Bridges*. 編者: R. BRUZINA 及 Br. WILSHIRE. Albany: State University of New

York Press, 〔1982〕, 299~320.
"The Status of Vorstellung in Hegel's Philosophy of Religion." *Meaning. Truth and God.* 編者: L. S. ROUNER. Notre Dame-London: University of Notre Dame Press, 〔1982〕, 70~88.
"Poetry and Possibility: An Interview with Paul Ricoeur Conducted by Philip Ried." *The Manhattan Review* 2 (1982), No. 2, 6~21.

1983

"On Interpretation." *Philosophy in France Today.* 編者: A. MONTEFIORE. Cambridge-London-New York-New Rochelle-Melbourne-Sydney: Cambridge University Press, 〔1983〕, 175~197. 亦收於: *After Philosophy. End or Transformation?* 編者: K. BAYNES 等人. Cambridge (Massachusetts)-London: The MIT Press, 〔1987〕, 357~380.
"'Anatomy of Criticism' or the Order of Paradigms" *Centre and Labyrinth.* 編者: E. COOK, Ch. HOSEK Toronto-Buffalo-London: University of Toronto Press, 〔1983〕, 1~13.
"Can Fictional Narratives Be True (Inaugural Essay)." *The Phenomenology of Man and of the Human Condition. Individualisation of Nature and of the Human Being. I.* 編者: A.-T. TYMI-

ENIECKA. Dordrecht-Boston-London: D. Reidel, 〔1983〕, 3～19.

"Narrative and Hermeneutics." *Essays on Aesthetics*. 編者: J. FISHER. Philadelphia: Temple University Press, 〔1983〕, 149～160.

"Action, Story and History: On Re-reading. *The Human Condition* 〔by H. ARENDT〕." *Salmagundl*. 1983, No. 60, Spring-Summer, 60～72.

"Jan Patocka: A Philosopher of Resistance." *The Crane Bag*. Journal of Irish Studies 7 (1983), No. 1, 116～118.

1984

The Reality of the Historical Past (The Aquinas Lecture, 1984, No. 48). Milwaukee: Marquette University Press, 1984, 51.

"Ideology and ideology critique." *Phenomenology and Marxism*. 編者: B. WALDENFELS, J. BROEKMAN and A. PAZANIN and translated by S. CI. EVANS. London: Routledge and Kegan Paul, 〔1984〕, 134～164.

"From Proclamation to Narrativity" *The Journal of Religion* 64 (1984), No. 4, October, 501～612.

"Toward a 'Post-Critical Rhetoric'?" *Pretext* 5 (1984), Spring, No. 1, 9～16.

1985

"The History of Religions and the Phenomenology of Time Consciousness." *The History of Religions. Retrospect and Prospect*. 編者: J. M. KIAGAWA. New York-London: Macmillan, 〔1985〕, 13～30.

"The Text as Dynamic Identity." *Identity of the Literary Text*. 編者: M. J. VALDÉS 及 O. MILKO. Toronto-Buffalo-London: University of Toronto Press, 〔1985〕, 175～186.

"Evil, a Challenge to Philosophy and Theology." *Journal of the American Academy of Religion*, 53 (1985), No. 4, December, 635～638.

"Irrationality and the Plurality of the Philosophical Systems (Summary. Résumé. Zusammentassing)." *Dialectica* 39 (1985), No. 4, 297～319.

"The Power Speech: Science and Poetry." *Philosophy Today* 29 (1985), No. 1/4, Spring, 59～70.

"History as Narrative and Practice. Peter Kemp talks to Paul Ricoeur in Copenhagen." *Philosophy Today* 29 (1985), No. 3/4, Fall, 213～222.

"Narrated Time" *Philosophy Today* 29 (1985), No. 4/4, Winter, 259～272.

1986

Philosophical Foundations of Human Rights. 編者: P. RICOEUR. Paris: Unesco, 1986, 9~29.

"Life: A Story in Search of a Narrator." *Facts and Values. Philosophical Reflections from Western and Non-Western Perspectives.* 編者: M. C. DOESER 及 N. KRAAJ. Dordrecht-Boston-Lancaster: Nijhoff, 1986, 121~132.

1987

"The Fragility of Political Language" *Philosophy Today* 31 (1987), No. 1/4, Spring, 35~53.

"Evil." *The Encyclopedia of Religion. Vol. 5.* 主編者: M. ELIADE. New York-London: Macmillan, 〔1987〕, 199~208.

"Myth and History." *The Encyclopedia of Religion. Vol. 10.* 主編者: M. ELIADE. New York-London, 〔1987〕, 273~282.

"The Teleological and Deontological Structure of Action: Aristotle and/or Kant?" *Contemporary French Philosophy*. 編者: A. PHILLIPS GRIFFITHS. Cambridge-New York-New Roch-elle-Melbourne-Sydney: Cambridge University Press, 〔1987〕, 99~111.

1988

Time and Narrative, Vol. III. Trans. K Blamey and D. Pellauer. Chicago: U of Chicago P.

1991

A Ricoeur Reader: Reflection and Imagination. Ed. Mario J. Valdes. Toronto: U of Toronto P.

1992

From Text to Action: Essay in Hermeneutics, II. Trans. Kathleen Blamey and John B. Thompson. (原著 *Du texte a l'action: Essai d'hermeneutique, II,* Paris: Seuil, 1986). Evanston: Northwestern UP.

Oneself as Another. Chicago: U of Chicago P, 1992.

二、有關里柯著作的文選

Charles Reagan and David Stewart, eds., *The Philosophy of Paul Ricoeur: An Anthology.* Boston: Beacon, 1978.

Mario J. Valdes, ed., *A Ricoeur Reader: Reflection and Imagination*. Toronto: U of Toronto P, 1991.

三、最近討論里柯的英文著作

S. H. Clark, *Paul Ricoeur*. New York: Routledge, 1990.

T. Peter Kemp and David Rasmussen, eds., *The Narrative Path: The Later Works of Paul Ricoeur*. Cambridge: MIT P, 1989.

西洋當代文學批評重要辭彙簡釋

作用因　agent 或 agency

具有權力的人或事，可以隨時隨地行使其權威作用力。參考「作者」欄。

作　者　author

書寫或創造文本，或爲某項生產物負責的人。對後現代主義論者而言，作者不再是天縱英才或現實與眞理的見證者，其優越的位置爲文本與讀者間的互動所取代。隨著作者之死而來的是對文本多義性的宣揚與「作品」自足性的崩解。

編年語音論　chronophonism

現代主義的假設認爲時間是按照年代依序編排或直現性延展的。後現代主義論者反對這種論點。

反追憶性分析　countermemorializing analysis

一種否定任何具有指涉性的現實，拒絕言談論述的基礎，及駁斥任何有關初始假設的分析形式。此種分析形式意欲擺脫西方形上學長久以來一再遵循的對原初——形式、理念、上帝、主體等——的無限回轉與追憶。

解 構 deconstruction

由德希達等人所倡導的分析方法，其目的在於拆解所有的建構物，如各種論述、理論、思想體系及文化現象等。解構式的分析拆解文本，展現其矛盾面及前提、假設。但重要的是，解構的目的決非在於對其分析的文本做改進與修正，或提供更好的、可以預期的藍圖。

爭 異 differend

對於有關語言意義的爭論、相左立場所產生的差別。在溝通及言談的過程中始終有極端不同或異質的語言相互抗斥，任何一方的論述不可能以公允的措辭對此爭論進行描述及解讀。因此，這語言遊戲與敍述間必然產生的差異清楚地點出了言談間的不可溝通性、爭論及差距，還沒有任何一種可能的判準能提供評斷。

衍 異 differance

或譯差延、延異等。德希達認爲對於事物或現象的定義不應基於其所謂本質或實在，而是在於事物／文本與其它事物／文本間的相互關係。此項論點得力於索緒爾對語言系統的結構主義式分析。意義依隨時間的流逝而改變，不具有任何先驗與恆久不變的定義。如此，意義被無限地延遲、展緩，僅留下一連串的痕跡。

論 述 discourse

所有以文字或口語陳述，並開放對話或對談的言論形式。論述「甚至會引發自身表述系統的重塑」。

召　喚　evoking

後現代主義論者質疑再現或表陳的功能，以召喚作爲替代，因它可使分析本身脫離自客體、事實、客觀描述、實驗、通則化及眞理的宣稱。

基礎論　foundationalism

一般傳統科學企圖將研究或學說建基於預設的原則，並假射此原則超越一般的信仰或未受檢驗的實踐。

後現代主義論者是反基礎論的。他們認爲關於「眞理、事實、正確性、有效性及明確性的問題是不能提出或獲得解答的」。

譜系學　genealogy

傅柯歷史哲學的中心觀點。歷史要在現今的位置回顧過往，以獲得對今日現象之洞見。譜系學致力於「局部的、不連續的、不具合法性、不夠格成爲知識的知識」，否認視歷史爲一個單元理論體，可以對自行建構的研究對象進行穿透、階層化並形成秩序，然後自命爲一眞正的知識，獨斷肯定其作爲一門科學及其研究對象的合法性。

英雄式的　heroic

現代的社會科學學者有時會將其注意力集中於特定的某事件或某人上。後現代主義論者認爲前者的做法其實創造了各式的英雄，他們太誇張了個人在某些特定的事件中所扮演的角色及所表現的能力。後現代主義論者拒斥這種英雄式的分析方式，並宣揚主體的終結與作者的死亡。

模擬——現實 hyper-reality

在後工業文明的社會中，現實已然崩解，如今已變成影像、幻覺與模擬。現實的模型遠較現實本身更爲眞實。「模擬現實」所指涉的是「那已經被再生產的」。它所勾勒的是一個沒有起源或現實爲依據的「眞實」。

超——空間 hyper-space

後現代的辭彙，用以指涉現代主義的空間概念是無意義的。現代主義假設的空間是不活動的。但超——空間指空間區隔已消失，所有的事物都是流動的，在地理上不斷且無法預測的變動著。

內　爆 imploding, implosion

由於媒體的強勢影響與滲透，訊息與大衆間的關係經長期的積聚已成內在性的，密不可分。這兩個面向相互滲透、連結。如此，在後現代社會中，現象向內爆裂，摧毀了自身及他人對它的假設。意義全然消失。在此，後現代主義論者強調媒體在後工業文明的重要性，以及符號與現實間的斷裂。

互爲文本 intertextuality

無限複雜糾纏的相互關係，「文本間無盡的交談，沒有任何可以預期到達與停止的終點」。在交談的過程中，不同的符號系統重疊、連結，隨之衍生新的表意位置與閱讀方式。將此概念推至極端，部分的論者認爲所有的事物間皆有關聯。

理體中心論　logocentrism

這個辭彙用於指稱任何宣稱其具有外在指涉的、放諸四海皆準的主張的思維系統。後現代主義論者反對此種論點，他們認爲前者的理論體系係立基於自我決定的邏輯之上，所依據的只不過是自我指涉、自我滿足、不斷循環的論證方式。對後現代主義論者而言，在外在事物與現象的有效性及實在性之外，並不存在有任何形式的根據。請參閱「語音中心論」一欄。

片　刻　moment

時間的連續性被破壞，片刻是時間上不確定的點，無特定地理位置。後現代主義者用此指稱進行社會分析時的場位或步驟。

步　法　move

如對弈，步法是有其策略性的。依步數行事指爲立場辯護，或在一個特定方向進行討論或分析。

敍　事　narrative

對此一概念的看法不一，但看所討論的敍事類型而定。後現代主義論者很嚴厲地批判後設敍事、全球觀點、主控符碼系統等。後設敍事是現代主義的預設，假定其爲有效眞理。然而，小敍事、微觀敍事、局部敍事、傳統敍事都只是本事或故事，不自宣稱爲眞理，所以也較被後現代主義者所接受。

謬誤推理 paralogism, paralogical

一般指未知的、非眞的僞知識。對後現代主義論者而言，此也指那些利用語言遊戲拆解眞理的實踐，以指出我們眞正知道的其實很少，而所知的又純粹是具獨斷性的語言成規。

拼　湊 pastiche

一個自由流動、瘋狂補綴的拼貼成品，林林總總不相干、甚至矛盾對立的事物、成分或觀點拼湊成的大雜燴。它否定規律性、邏輯、或對稱，卻在混亂和對立中散發光芒。

運作效能 performativity

現代主義式的計畫強調效能、整合，依系統反饋調節政策，以實用表現及系統產出（根據Benhabib 1984: 105是指「效率、效能、控制力」）作爲衡量成效的標準。後現代主義論者批判此一概念，認爲追求效能是現代對理性過度信任的延伸，壓制了差異、多樣性、自主性及開放性的可能。

語音中心論 phonocentrism

德希達強烈批判西方思潮數千年來強調話語的優先性、立即性，或甚至能揭顯眞理及保有充分意義的能力。前者認爲在這個龐大的同質性的思想傳統背後所隱藏的是對「差異」、「不同」的貶抑。德希達以其對書寫的重視來強調「衍異」的遊戲與意義的無限延展性，明白地指出事實上「差異」其實亦是西方形上學之所以可能存在的條件。請參閱「理體中心論」、「衍異」欄。

優勢 privilege

賦予某論點、人物、事件或文本優先性或特殊地位。後現代主義論者反對任何特殊觀點獨佔優勢。

設計方針 project

現代性的研究或活動講究組織化及形式化，這意味著此中有一套策略計畫、遊戲規則的運作，背後且隱藏一個能自我合理化的目標。例如現代式的政黨都會有許多方針。對後現代主義論者而言，這是一個批評的辭彙。

日常生活 le quotidien

後現代主義論者視日常生活爲獨立研究的對象，重點不在事實的外在形式，而在現實的社會建構過程。用日常生活的意識形態分析替代綜合式的全球理論。

讀者式／閱讀式的文本 readerly text, "lisible"

相對於較開放的「作者式的」文本，「讀者式的文本」所指稱的是所有意圖表達特定、精確訊息的文本。此種「現代的」文本預設讀者僅能被動地收受它所傳達的訊息，而且訊息的意義經溝通、傳遞的過程不會有任何改變、消滅。此外，作家寫作的目的在於再現，再現一個已然存在的現實。請參閱「作者式／書寫式的文本」一欄。

讀 者 reader

傳統強調作者的創作的觀念已被後現代主義論者所宣揚的讀者的創造性、生產性收受過程所推翻。由於個人閱讀位置的不同及文本的多義性，讀者取得前所未有的自主性與詮釋的自由。但這並不意味著讀者今後便取代了作者，享有絕對的權威。閱讀已無關眞假、對錯，因爲不再有任何內、外在的指涉物可以支撐文本，也沒有超然不偏的判準可以作價值判斷。請參閱「閱讀」、「作者式／書寫式的文本」、「文本」各欄。

閱 讀 reading

理解、詮釋。這個辭彙在後現代的用法中強調因讀者、觀者的詮釋位置不同所產生解讀的差異，但無關於閱讀本身的正當性與妥當性。

再 現 re-present

現代的再現論者相信他們能將事物重新表現，以一樣事物（概念、人、地點、時間）取代另一樣，而且於置換的過程中原事物的意義不會喪失。後現代主義論者認爲這完全不可能。

修 辭 rhetoric

現代意義中的修辭是相對於嚴格的科學性論述而言，指過度矯飾的詞彙堆砌。後現代主義論者採納較古典的意涵，不排除其正面的倫理指射，將之定義爲使用象徵修飾意見的修辭術，在開放的文本中建構意義，沒有預設或要加強獨霸的觀點及堅持己見之優越的意圖。

擬　仿　simulacrum

或譯擬像、模擬。「擬仿」一詞在後現代主義論者手中最普遍用法在於強調現實與符號之間沒有任何的對應關係。經由模型（model）一再地自我複製，本身形成一個具有極大吸力的力場網絡，先於現實而存在。現實只不過是「擬仿」過程中所拋射出的剩餘物，隨著軌道（所有可能符號的排列組合）而被置放與流轉。故現實、符號與模型間不再有任何區別，故也不再有所謂源起與初始的問題。另一方面，「擬仿」除了勾勒出訊息的過多、剩餘，以及意義的不可決定性與溝通的不可能外，也隱含地指出後現代經驗的立即性與片段性。

位　置　site, place

不是指地理上的空間，而是無法明確界定的位置。可用以指涉各種機會，或所探討的問題與主題。

故事或說故事　story or storytelling

參見「敍事」一欄。不作任何眞理的宣稱，只是解說，但言下承認故事是來自說故事者的觀點，基於他或她本身的經驗（聽說或親身經歷的）。傳統、區域性的敍事都是故事。

主體性　subjectivity

後現代主義論者以「主體性」這個辭彙來指稱他們將

主體做爲其社會分析的重心，而主體性正是他們所要批判的。相對於這個辭彙的現代意義，如形上學上所強調的它與客體性的相對位置，對後現代主義論者而言，「主體性」所示意的是由各種社會及個人構成元素的力量之間所多元決定所構成的力場，爲主體的自我意識在不斷指涉、追尋鏡像的過程之中及之後所產生的副產物，遺留下的痕跡。

文　本 text

所有的現象、事件。後現代主義論者重新閱讀結構主義對語言系統的解析，宣揚符號的異質性、意符的示意實踐、生產性過程與論述網絡的多重構成面向。故當後現代主義論者以「文本」來指稱所有事物時，他們所強調的是現象的多重、多義、與不可掌握性，以及對事物背後所預設的眞理、現實重重陰影的拒斥。

整全化 totalizing

現代的硏究或活動假設了一個整體、全一的觀點，因而排除了其他的視點。後現代主義論者批評任何整全化的理論企圖。

聲　音 voice

現代主義所認爲的作者觀點。後現代主義論者再度質疑賦與作者或特定聲音、觀點絕對權威的敍事活動。但是「公共」的聲音對後現代主義者就比較可以接受，因爲它將修辭「民主化」，使論述可以廣泛地被理解，同時顚覆其「自身的專家式的文化」。

作者式／書寫式的文本　writerrly text, "scriptible"

爲了使讀者能在閱讀過程中再書／改寫所完成的文本被稱之爲「作者式的」文本。此種開放式的文本不但容許而且歡迎不同的詮釋及再詮釋。故讀者的工作便在於生產、建構。請參閱「讀者式／閱讀式的文本」一欄。

後　記

三、四年前，我在清大講授敍事論與詮釋學的課程，當時葉維廉老師正籌劃《西洋文學、文化意識叢書》，要我與他一起主編，由於里柯是我課程的重點，我便決定以他作為題目。然而，在這幾年之內，我不斷將里柯的書提起又放下，而且中間又隻身赴美進修一年，隨著興趣的轉移，撰寫工作始終很不順利，東大圖書公司的編輯部因此常給我催稿函，從新竹追到美東、美中、美西又回新竹來，直到最近我又得教詮釋學，才硬著頭皮，將整本書寫完。雖然內容不盡滿意，至少如釋重負，似乎將里柯作個交代後，終於可以從事自己該做的事——包括帶妻子與女兒們去賞櫻花。

這些稿子是我在不同的時間、地點，陸續寫出的，因此在思路、詞彙上難免顯得不大連貫，許多資料是後來才補充上去，可能也漏掉了當初所引用的一、兩本書。不過，經過長期的沈潛及「反沈澱」，這本書倒反映出我這幾年來對里柯的不同態度及觀點。

書帆花了不少時間為我重謄、潤色這些稿子的大部分文字，我們的雙胞胎女兒藝珊、藝珈則一直很諒解，對我自己一個人出國一年而且回來之後又將時間花在研究室內的不合理行為，大致上是採取同情瞭解與忍耐的態度；在這段期間也承蒙我父母幫助及一些鄰居、同事支援，使我無後顧之憂，可安心寫作。在此要向我家人及朋友致意，同時也要感謝旅美期間助我一臂之力的師友，尤其是高友工教授及王汎森、林富士先生；Homi Bhabha, Benjamin Lee；李歐梵教授、Dilip Gaonkar，查建英；以李耀宗、鄭培凱為首的紐約華人教授讀書會會員；葉維廉教授、鄭樹森先生及加州大學聖地牙哥分校文學系的朋友。江永進教授一家人、于治中教授、及助理張起鳴先生是我在清大的朋友中最應該在此提一筆，感謝他們多年來的相助。能讓這本書問世，除了得感激這些朋友及我家人之外，我特別要感謝一些幫忙我抄寫、整理稿子的同學：王蓮枝、陳佳利、吳桂枝、高淑華、蔡佩君、王文基、段馨君與她的室友。

書名	作者	出版狀況
佛洛依德	宋文里	撰稿中
詹明信	陳清僑	撰稿中
梅耶侯	陳傳興	撰稿中
穆柯羅夫斯基	陳國球	撰稿中
布西亞	陳光興	撰稿中
阿圖塞	廖朝陽	撰稿中
傅柯	吳宗寶	撰稿中
拉崗	周英雄	撰稿中
李杰明	馬國明	撰稿中
德勒茲	羅貴祥	撰稿中
波瓦	簡瑛瑛	撰稿中
普爾斯	古添洪	撰稿中
巴克定	馬耀民	撰稿中
里柯	廖炳惠	已出版
伽達瑪	葉維廉	撰稿中
馬庫色	史文鴻	已出版

西洋文學、文化意識叢書

葉維廉　廖炳惠主編

叢書特色

在文字上：用平實淺明的解說，取代艱澀、令人目不暇給的名詞及術語。

在內容上：眞正深入每一理論家的原作，系統的闡明文學、文化理論的思想傳承、演變、作用，並進一步評估其成就。

在選題上：平均分配文學、文化理論家的學派比例，並對當代的文化、社會理論及活動作一廣泛的接觸。

在地域上：涵蓋了蘇俄、東歐、西歐到美國，使不落入英美或法德爲本位的理論傾銷。

作者方面：這套叢書集合了臺灣、香港、法國、美國的學者，以目前的陣容爲基礎，希望能逐漸擴大，並引起學術及文化界的熱烈迴響，使理論進入日常生活的意識，思想與文化作爲結合。